CLAUDIA SCHREIBER

Emmas Glück

AF196603

 GOLDMANN

Buch

Noch ein letztes Mal will der sterbenskranke Max das Land sehen, in dem er den einzigen Traumurlaub seines jungen Lebens verbrachte. Um die Reise nach Mexiko finanzieren zu können, bricht er nachts in das Autohaus ein, in dem er bislang gearbeitet hat. Doch er wird dabei überrascht und flieht Hals über Kopf in einem gestohlenen Ferrari. Die wilde Fahrt endet abrupt an einem Baum auf dem Gelände eines einsam gelegenen Bauernhofs, wo das laute Krachen die Bäuerin aus dem Schlaf reißt. Emma, die ihr Leben bislang nur mit den Tieren auf ihrem Hof geteilt hat, zerrt den bewusstlosen Fahrer ins Haus, zieht ihn aus und verarztet ihn – nicht ohne ihn neugierig zu betrachten und zu betasten. Der gut gebaute Mann scheint nicht ernsthaft verletzt zu sein – doch das ist nur die erste glückliche Überraschung. Als Emma in dem schrottreifen Auto seine Papiere sucht, findet sie einen Plastiksack voller Dollarnoten ...

Autorin

Claudia Schreiber, geboren 1958, studierte Kommunikationswissenschaften und Pädagogik in Göttingen und Mainz, war für den SWF3 und das ZDF tätig, bevor sie mit ihrer Familie für sieben Jahre nach Moskau und Brüssel zog. Danach arbeitete sie bis zu ihrer Alzheimerdiagnose mit Anfang sechzig als Autorin und Journalistin in Köln. Claudia Schreiber hat fünfzehn Romane und Kinderbücher geschrieben. Ihr bekanntestes Werk ist der mehrfach ausgezeichnete Roman »Emmas Glück«, der in neun Sprachen übersetzt und mit Jördis Triebel und Jürgen Vogel in den Hauptrollen verfilmt wurde.

Claudia Schreiber

Emmas Glück

Roman

GOLDMANN

Penguin Random House Verlagsgruppe FSC® N001967

1. Auflage
Neuausgabe November 2022
Wilhelm Goldmann Verlag, München,
in der Penguin Random House Verlagsgruppe GmbH,
Neumarkter Straße 28, 81673 München
Copyright © 2003 by Claudia Schreiber
Umschlaggestaltung: UNO Werbeagentur, München,
Umschlagmotiv: Jessica Byrum / Stocksy Images; FinePic®, München
Th · Herstellung: ik
Satz: GGP Media GmbH, Pößneck
Druck und Bindung: GGP Media GmbH, Pößneck
Printed in Germany
ISBN: 978-3-442-49372-2

www.goldmann-verlag.de

Für Helmut

Emma sage mir die Wahrheit:
Ward ich närrisch durch die Liebe?
Oder ist die Liebe selber
Nur die Folge meiner Narrheit?

Ach! Mich quälet, teure Emma,
Außer meiner tollen Liebe,
Außer meiner Liebestollheit,
Obendrein noch dies Dilemma.

Heinrich Heine

Emmas Schlafzimmer war ein Saustall: Wäschestücke wucherten aus Schubladen und Schrank, Zeitungshaufen mit unbezahlten Rechnungen waren zu Nachttisch und Hocker geworden, faustgroße Staubflocken tanzten unterm Bett und blieben an angebissenen Brotresten hängen.

Draußen färbte die aufgehende Sonne die Felder rot und der Tau legte sich auf die Gräser. Emma wickelte sich fest in die Federdecke und ließ sich von ihr drücken. Sie beneidete ihre Schweine, die draußen Körper an Körper gepresst im frischen Stroh lagen und im selben Rhythmus atmeten. Ihre Tage waren so herrlich mit Nichtstun gefüllt. Ob spät oder früh, Tag oder Nacht – sie lümmelten sich, suhlten, fraßen, kratzten sich den Rücken genüsslich am Gartenzaun, lagen beieinander, Haut an Haut. Und wenn dieses beneidenswerte Leben ihnen eine Fettschwarte hatte wachsen lassen, verschaffte Emma ihnen einen herrlichen Abgang: kurz und schmerzlos. Der Sinn ihres Schweinelebens erfüllte sich in himmlisch guter Wurst.

Kein Leben auf Erden schien Emma herrlicher, einfacher, sinnlicher, erfüllter, als auf ihrem eigenen Hof ein Schwein zu sein.

Sie stand auf und ging in ihrem verschlissenen Schlafhemd barfuß nach draußen. Der Hahn schritt ihr stolz wie der Dienst habende Offizier des Hofs entgegen. Emma salutierte, worauf er beflissen zu melden schien: »Keine besonderen

Vorkommnisse, Haus und Hof intakt.« Die Katze strich um ihre Beine, bettelte um Zärtlichkeiten und folgte ihr in den Garten.

Überall blühte es, kräftige Stauden säumten den Holzzaun. Zucchini, Paprika, Lauch, Tomaten – alles gedieh prächtig, nichts war von Schnecken zerfressen oder von Läusen bedroht. Emma pflückte ein paar Himbeeren und steckte sie in den Mund. Sie genoss es, mit nackten Füßen die Wärme der feuchten Erde zu spüren. Zufrieden atmete sie die Sommerluft ein und beobachtete eine Feldlerche, die genau über ihr sang.

Im Stall klopfte sie ihrer Kuh zur Begrüßung kräftig auf den Rücken. Um ihren Morgendurst zu stillen, legte sie sich unter den Bauch der Kuh und melkte sich die Milch direkt in den Mund. Die Spritzer trafen nicht immer; die Milch kleckerte auf ihre Augen, ihren Hals, versickerte im Ausschnitt ihres Schlafhemds. Wie ein Kind wischte sich Emma den Mund mit dem Unterarm trocken, selig satt. Anschließend schlich sie in den Hühnerstall und holte drei Eier.

Wie jeden Morgen schaltete sie in der Küche das Frühstücksfernsehen ein und stellte eine Pfanne auf den Herd. Ihr Lieblingsmoderator war dran. Er sagte »Guten Morgen, verehrte Zuschauer«. Aber Emma hörte aus ihrem Gerät sehr deutlich sein liebevolles und ganz persönliches »Guten Morgen, Emma!«. Sie grüßte zurück, wandte sich anschließend lächelnd ab, briet die Eier und schnitt Brot auf.

In diesem Moment fuhr draußen ein Auto vor. Am charakteristischen Klang erkannte sie Henners alte Polizeikarre, einen VW Käfer. Emma wischte ein Guckloch in ihre verschmierte Fensterscheibe, um festzustellen, ob der Dorfpolizist seine Mütze auf dem Kopf hatte oder nicht. Ohne Mütze kam er in friedlicher Absicht, mit Mütze nervte er.

Henner hatte die Mütze auf!

Fluchend griff Emma zum Gewehr, das immer geladen neben ihrem Herd stand, und rannte hinaus, barfuß, in milchverschmiertem Hemd und Unterhose.

Henner stand mit einem großen Briefumschlag in der Hand vor seinem grün-weißen Wagen. Er wusste, er hatte sehr schlechte Nachrichten für Emma und er wusste auch, dass Emma es wusste, weshalb er ihr verzieh, dass sie mit geladener Waffe in der Hand auf ihn zukam und brüllte:

»Willste machen, dass du vom Hof kommst, du Sesselfurzer du!«

Der arme Henner stand zwischen den Fronten: Hinter ihm erhob sich ein fürchterliches Geschrei. Seine Mutter war mitgekommen. Mit ihrem riesigen Hintern quälte sie sich rückwärts aus dem Käfer, und noch zwischen Sitz und Tür eingeklemmt, keifte sie Emma schon an:

»Mein Henner ist hier als 'ne Amtsperson. Der kann dich verklagen, innen Knast bringen kanner dich fürn Sesselfurzer, von wegen Beamtenbeleidigung, du!«

Jetzt erst stand die Alte aufrecht, tauchte aus einer grauen Tabakwolke auf. Ein selbst gedrehter Zigarettenstummel hing in ihrem schlaffen Mundwinkel, aus dem zugleich Speichel rann. Sie sog das Nikotin aus dem Stummel, presste ihre alten Augen zu, weil der Qualm die Schleimhäute reizte, und sagte mit verächtlichem Blick auf Emmas verkleckertes Hemd:

»Wie das wieder aussieht!«

Mit *das* war nicht das Hemd, sondern Emma persönlich gemeint; Frauen waren in dieser Gegend sächlich.

Emma platzte fast vor Wut, hilflos schoss sie in die Luft. Für Henner schien das nichts Neues zu sein, er zuckte nicht mal. Er schaute nur traurig drein wie ein Hund mit Augenentzündung und flehte seine Mutter an:

»Geh zurück ins Auto, sonst nehm ich dich nie wieder mit.«

Und Emma bat er: »Bitte, mach mir's nicht noch schwerer.« Schweigend deutete er auf den Umschlag, den er in Händen hielt.

»Dein Termin ist festgelegt auf morgen in drei Monaten. Bis dahin musst du geräumt haben. Die Tiere darfst du nicht mitnehmen, die gehören mit rein in die Versteigerungsmasse.«

Emma hob ihre Faust, als halte sie ein Messer: »Ich geb dir gleich 'ne Masse. Wer mir den Hof wegnimmt, den stech ich ab wie ein Schwein. Das schwör ich dir.«

Henner wusste, das würde sie fertig bringen. Diese Frau war gewohnt zu töten. Er drohte hilflos mit dem Zeigefinger:

»Emma, das will ich nicht gehört haben.«

Jetzt zielte sie mit dem Gewehrlauf direkt auf seinen Hosenlatz:

»Hau ab, Henner, oder ich schieß ihn dir ab.«

Henner lächelte scheu und musterte ihr feuchtes Hemd, durch das sich ihre nackte Brust abzeichnete. Ergeben zog er seine Dienstmütze ab und machte ihr mal wieder einen Antrag. Die Worte, die er dafür wählte, versprachen nur in Emmas Gegend Erfolg: »Zieh doch endlich zu mir, du dumme Kuh.«

Emma ließ das Gewehr sinken. Ein weiches Lächeln umspielte ihre Mundwinkel. Henner hatte ihr Herz erreicht.

Der dicke Henner! So klein und hässlich er war, so unterwürfig und schwach, war er doch der Einzige, der sie je gewollt hatte. Beim ersten Mal war er ganze sieben Jahre alt. Sie sechs.

Beide hatten wenig Ahnung. Trotzdem ging er mit ihr ins Maisfeld, das ganze Dorf tat es dort. Mais wurde in dieser Gegend nur aus dem Grund angebaut.

Sie zog ihre Hose runter, legte sich zwischen zwei Reihen hoch gewachsener Stauden und klappte die Beine auseinander. Henner guckte und …? Tat nichts.

»Jetzt musste dein Ding reinstecken, Henner«, half Emma nach.

›Wo rein?‹, dachten beide und verschwiegen einander ihre Ahnungslosigkeit. Henner zog seine Hose runter. Da hing es, klein wie ein Radieschen, und so rund. Und so rot! Emma pflückte einen jungen Maiskolben. Schälte ihn, bis ein Früchtchen in der richtigen Größe übrig blieb. Das reichte sie ihm. Der junge Henner stupste das Gemüse an Emmas Popo, und so hatten sie es also getrieben.

Beide zogen ihre Hosen wieder hoch. Emma streckte Henner die Zunge raus und ging.

Sie wurden erwachsen. Sein Radieschen aber entwickelte sich nicht, blieb rund und rot. Emma wurde schließlich doch noch getroffen: von einem ausgereiften Maiskolben, den Henner lenkte.

Sie mochten sich, die beiden. Waren vertraut miteinander seit vielen Jahren, aber heiraten wollte Emma den Henner nie.

Doch wenn sie ihren Hof verlieren würde? Dann sah die Sache anders aus. Wenn nur diese Mutter nicht wäre, die nicht von seiner Seite wich, die ihn nicht teilen konnte, die noch heute ohne Hemmungen mit ihrer Spucke seinen Mund abwischte, wogegen er sich nicht einmal zu wehren wagte! Mit Blick auf die Alte, die wieder im Auto Platz genommen und eine neue Zigarette angezündet hatte, sagte Emma gelassen zu Henner:

»Wenn die da wegkommt, kannste mich haben.«

Henner begann zu stottern. Emma wusste sofort Bescheid. Ihr Gesicht verfinsterte sich, die Züge um ihre Mundwinkel wurden wieder hart. Sie hob das Gewehr und schoss ohne Vorwarnung direkt neben seine Füße, einmal rechts und einmal links.

Henner schüttelte traurig den Kopf und legte die Papiere auf den blutverschmierten Holzblock, auf dem Emma die Hühner köpfte. Ohne ein weiteres Wort stieg er in seinen klapprigen VW und fuhr vom Hof.

Emma schrie hinter ihm her:

»Du bist doch kein Mann, du Radieschen du! Wie kann man in deinem Alter noch mit Mutti …, das gibt's doch gar nicht!«

Aber kaum war der Wagen hinter den Hügeln verschwunden, verzog sich Emmas Mund und Tränen flossen ihre Wangen hinunter. Sie warf einen flüchtigen Blick auf den großen Briefumschlag. Den würde sie auch nicht öffnen, sie würde das nicht lesen, wollte nicht wahrhaben, was ihr da in Amtskauderwelsch mitgeteilt wurde.

Emma stöhnte, als könne sie ihre Sorgen aus der Seele fegen. Seit zwei Jahren hatte sie keine Rechnung mehr bezahlt. Die Preise fürs Vieh waren gefallen. Sie konnte züchten und schlachten, so viel sie wollte. Was für ganze Generationen zuvor auf diesem Hof gereicht hatte, war für sie allein zu wenig.

Ein Ferkel tappte heran und stupste sie am Bein. Emma ging in die Hocke und nahm es auf den Arm. Schmiegte ihr Gesicht fest in die weichen Borsten und ging mit dem Ferkel im Arm zurück in ihr Haus.

Max wälzte sich im Bett, wieder von seinen Träumen gepeinigt: Eine offene Flasche Rotwein kippte wie in Zeitlupe auf seinen blendend weißen Teppich. Er wollte nach ihr greifen, fasste aber ins Leere. Immer fasste er ins Leere, und immer wachte er an dieser Stelle auf. Schreiend. Denn der Rotwein hatte den Teppich ruiniert. Nie gelang es ihm die Flasche zu fassen zu kriegen. Immer wenn sie gerade kippte, wachte er voller Schrecken auf.

Seine Bücher standen systematisch geordnet im Regal. Ungelesen. Die Bücher, die er las, lieh er sich aus. Seine eigenen Exemplare rührte er nicht an, er wollte sie für den Fall aufbewahren, dass die Stadtbibliothek geschlossen würde. Die Vorstellung, es könnte keine Bücher mehr geben, die er nicht kannte, machte ihm Angst. Alles, was zu Ende gehen konnte, machte Max Angst. Und es waren nicht nur die Bücher. Fast alles in diesem Leben, auf dieser Erde konnte zu Ende gehen. Die Wasservorräte zum Beispiel. Deshalb sparte Max Wasser, wusch sich mit einem Waschlappen im Handwaschbecken. Die Stadtwerke hatten schon zwei Mal seine Wasseruhr gewechselt, sein geringer Wasserverbrauch hatte sie misstrauisch gemacht. Für die Morgentoilette benötigte Max genauso viel Wasser wie für die Kaffeemaschine.

Er frühstückte jeden Arbeitstag um sechs Uhr dreißig und am Wochenende eine Stunde später bei Kerzenschein und klassischer Musik, den Tisch gedeckt wie in einem Fünf-Sterne-Hotel, mit einer Damastserviette, die er kaum beschmutzte.

Das hatten schon seine Eltern so gehalten, diesen kleinen Luxus als Ritual zelebriert und auf diese Art täglich des Glücks gedacht, keinen Krieg und keinen Hunger mehr erleben zu müssen. Es gab nie Müsli ohne Mozart, kein Vivaldi ohne Ei. So war Max von klein auf vertraut mit Kantaten, Präludien und Symphonien – Hauptsache, nicht atonal.

Er hatte einen Speiseplan fürs Frühstück aufgestellt: Montags, mittwochs und freitags gab es Vollkornbrot mit Quark und frischer Kresse, dienstags und donnerstags Haferflocken mit Joghurt natur. Samstags Rührei mit Speck, sonntags einen frischen Obstsalat. Strikt hielt er sich an diesen Plan, es erleichterte ihm das Leben.

Nach dem Frühstück spülte Max sofort das bisschen Geschirr, trocknete es ab und stellte es zurück in den Schrank. Den einzigen Stuhl in der Küche rückte er unter den Tisch, wobei er immer darauf achtete, dass er im rechten Winkel zur Tischkante stand. Nachdem Max die Haustür geschlossen hatte, hauchte er auf die Türklinke und rieb sie mit dem Ärmel seines Mantels blank. Der Messingglanz machte ihn glücklich.

Max ging durch eine Einkaufsstraße, vorbei an Boutiquen, einer Metzgerei und schließlich einem Elektrogeschäft, in dessen Schaufenster gleich zehn Fernseher in verschiedenen Ausführungen flimmerten. Er war auf dem Weg zum Arzt, hatte die Türklingel der Praxis schon gedrückt, die direkt neben dem Elektrogeschäft lag. Da es lange dauerte, bis geöffnet wurde, guckte Max ins Schaufenster zu den Fernsehern. Alle zeigten den Frühstücksmoderator. Max schüttelte den Kopf. Wie konnte man so früh am Morgen schon so viel reden? Wer guckte überhaupt so früh fern?

Er wandte sich ab, schaute den Fußgängern nach, und sein Blick fiel auf die andere Straßenseite. Dort war ein Biergarten. Die Gartenstühle standen kreuz und quer herum, manche lagen sogar am Boden. Es herrschte eine totale Unordnung. Der Anblick machte Max nervös. Endlich surrte der Türöffner der Praxis.

Dr. Deckstein arbeitete gern im Stehen, um die Bügelfalten

seiner Hose nicht zu beschädigen, und glaubte noch mit über vierzig, seine blond gefärbte Tolle immerzu nach hinten werfen zu müssen.

»Wie geht's?«

»Ich hatte wieder Albträume ...«

Der Arzt blätterte in Max' Krankenblatt.

»... Rotwein auf den weißen Teppich, für mich ist das die Hölle, verstehen Sie?«

»Hm. Wir haben die Kontrastdarstellung Ihres Magen-Darm-Kanals vorliegen. Ihre Duodenalschleife zeigt sich leider gespreizt, der Magen ist verdrängt. Die Urinkonzentration der Amylase bestätigt eine akute Abflussbehinderung. Sind Sie eigentlich verheiratet? Haben Sie Kinder?«

»Nein, ich lebe allein, auch meine Eltern sind schon, leider ...«

»Das macht es um vieles leichter. Sie sollten unbedingt in eine Schmerzklinik gehen.«

»Wieso? Ich habe doch gar keine Schmerzen.«

»Sehen Sie, gerade das versuche ich Ihnen zu erklären. Die kommen nämlich noch, die Schmerzen.«

»Wieso, was heißt das?«

»Sie leiden nämlich, das kann ich Ihnen leider nicht vorenthalten, an einem Pankreas-Karzinom im fortgeschrittenen Stadium.«

»Ich verstehe Sie nicht.«

Der Arzt machte aus dieser Mitteilung eine Art Quiz. Das schien ihm die Sache irgendwie zu erleichtern.

»Bauchspeicheldrüsenkrebs, sehr schwer zu diagnostizieren, und wenn, dann ist es meistens schon zu spät. So ist das, leider.«

Max verlor jede Farbe.

»Was reden Sie denn da?«, presste er hervor.

»Die Bauchschmerzen, Ihr Gewichtsverlust. Das war es. Sie haben bereits Metastasen in den Knochen, bei Ihnen vor allem im Rücken.«

»Und das bedeutet?«

»Dass Sie starke Schmerzen haben werden. Aber das wird nicht alles sein. Möglicherweise bekommen Sie auch dicke Beine, Thrombosen, Gelbsucht, Durchfall im Wechsel mit Verstopfung, Übelkeit, Erbrechen.«

Dr. Deckstein schob sich eine Strähne aus dem Gesicht und bekräftigte:

»Zum Schluss tut's besonders weh.«

An dieser Stelle hatte der Arzt Anteilnahme einstudiert. Über seinen Schreibtisch hinweg streckte er Max die Hand entgegen. Der ignorierte sie.

»Nun«, erklärte Dr. Deckstein, der seine Hand wieder zurückzog, »wenn es erst anfängt wehzutun, halten Sie es ohne medizinischen Beistand und eine gehörige Portion Drogen nicht aus. Deshalb rate ich ja auch dringend zu einer Schmerzklinik.«

Er suchte auf seinem Schreibtisch nach einem Überweisungsformular und plapperte dabei unaufhörlich vom Pankreas-Karzinom. Er schien ganz vergessen zu haben, dass an der Bauchspeicheldrüse, die ihm da gegenüber saß, noch einer dranhing: Max. Der stand jetzt ohne ein weiteres Wort auf und verließ die Praxis.

Die Welt hatte sich dunkelblau verfärbt. Die zehn Fernseher im Schaufenster des Elektroladens flimmerten hell, der Moderator tanzte mit einem Studiogast Walzer, drehte sich und lachte. Max starrte ihn an, hielt sich an diesem Bild fest. Ihm wurde schwindelig davon. Sein verdrängter Magen hob sich, der Brei im Kopf drehte sich, er wankte. Doch sein Gesicht blieb starr, auch als er trocken und regungslos weinte. Seine Tränen krümelten auf sein Jackett wie Schuppen. Kleine Schweißperlen bildeten sich auf seiner Stirn, seine Lippen zitterten. Er spürte einen starken Brechreiz. Der Moderator tanzte noch immer, lachte. Max musste hier weg!

Mit steifem Gang und wirrem Blick überquerte er die Straße, ohne auf den Verkehr zu achten. Autos bremsten, hupten. Fahrer fluchten. Max sah und hörte das alles nicht.

Er stand jetzt am schmiedeeisernen Tor des Biergartens, drückte dagegen. Es öffnete sich, er ging hinein. Mit ruckartigen Bewegungen, steif wie ein Roboter, begann er, die Stühle an ihren richtigen Platz zu stellen, immer sechs um einen Tisch, zwei an die jeweils lange Seite, einen an die kurze. Rechtwinklig ausgerichtet, mit immer gleichem Abstand von Tischkante zu Stuhllehne. Er arbeitete zuerst in aller Ruhe, dann hektischer, schneller. Schließlich rannte er zwischen den Tischen herum, riss Stühle hoch, richtete sie aus, immer gerade, immer im rechten Winkel, als gelte es, sein Leben gerade zu rücken.

Tische kippten, er verletzte sich, ohne es zu spüren. Max sah die Leute nicht, die hinter dem Zaun stehen blieben und gafften. Er fühlte seine Tränen nicht, nicht den Schweiß, der an seinem Körper herunterlief.

Endlich kamen erste Laute aus dem Mund. Erst winselte er noch wie ein Welpe, dann bellte er seine Wehmut raus: »Nichts nichts nichts nichts nichts. Nichts erlebt, nichts gelebt.«

Max war allein. Keine Frau hatte je an seinem Rücken gelehnt, kein Kind auf seinem Schoß Platz genommen. Er hatte sich nie getraut. Was wäre gewesen, wenn sie ihn eines Tages verlassen hätte? Das Kind mitgenommen hätte? So war er still und starr geblieben, hatte lebenslang brav und dumm an seinem Tisch gesessen – allein. Und nun war er kaputt. Zerbrochen.

So nahm Max in irrer Verzweiflung und Wut den letzten Stuhl, hob ihn mit beiden Armen hoch, holte weit aus und zerschmetterte ihn mit voller Wucht an einer Tischkante. Das Holz flog berstend auseinander.

Als Max aus dem Tor schwankte, plärrte eine Passantin, den Stuhl müsse er bezahlen.

»Mit meinem Leben«, flüsterte Max.

Der Rotz lief ihm aus der Nase über die Lippen. Er hob seinen Arm und fuhr mit dem Ärmel übers Gesicht.

»Mit meinem Leben.«

Vor dem Mauerfall lag Emmas Hof am Rand von Nirgendwo, seit der Wende im Herzen Deutschlands. Von den Leuten auf beiden Seiten wurde die innerdeutsche Grenze schmerzlich vermisst, waren doch die Feldhasen von den Stromzäunen und Selbstschussanlagen so schön präzise getötet worden. Ihre Leiber lagen morgens auf dem Todesstreifen der Ostseite und wurden von den Volksgenossen regelmäßig auf die Westseite geworfen. Die kapitalistischen Bauern bedankten sich für diese Sonntagsbraten mit Wurfgeschossen aus Bananen, die sie in Seidenstrümpfe eingewickelt hatten.

Die Gegend wird Hessisch-Sibirien genannt. Eine zutreffende Bezeichnung. Man musste nämlich wie ein russischer Eisangler tiefe Löcher ins Packeis bohren, um hier auf Gastfreundschaft, Güte und Toleranz zu treffen.

Wenn fremde Menschen hier verweilten, dann als Unfallopfer im Kreiskrankenhaus. Die prächtigen Alleebäume

an der Bundesstraße garantierten eine effektive Betten-
belegung. Freiwillig hielten hier nur niederländische Tou-
risten, die auf ihrer Fahrt in den Süden kurz die Kaffeemaschine anwarfen.

Die friedlichsten Seelen der Gegend fand man in Gaststät-
ten. Dort saßen Männer in immer derselben Haltung über
ihr Pils gebeugt und schwiegen gesellig miteinander.

Die einzige Mode, die diesen Landstrich erreichte, waren
nicht Kleider oder Röcke, sondern, mit welcher Sorte Alkohol man sich pro Saison voll laufen ließ. Es gab, immer als
Mitgift zum Bier, die Apfelschnaps-Ära, die Persiko-Phase,
Cola-Rum-Saison oder sogar einmal eine Pinacolada-Epo-
che, als der Landfrauenverband von einer Studienfahrt
nach Hannover zurückgekehrt war. Wein trank man nur
im Altersheim; als edler Tropfen wurde geschätzt, was süß
und dickflüssig war wie Gelee.

Gegessen wurde was Ordentliches: Fleisch und Wurst, Kartoffeln, roher Schinken und Wildbret mit Birnenhälfte
und Preiselbeeren. Als Verzierung war gerade noch Salat
erlaubt, aber in Sonnenblumenöl und Weinessig schwimmen musste er. Gemüse wurde so lange gekocht, bis es dieselbe Konsistenz hatte wie die holländische Soße, in der
man es ertränkte.

Großzügig zeigte man sich zu Hochzeiten, Polterabenden,
runden Geburtstagen oder Beerdigungen. Jeden Besuch
dazwischen wertete man als Überfall. Der frisch gebackene
Zuckerkuchen wurde dann hektisch in der Speisekammer
versteckt, die noch warmen Kreppel unter Geschirrtüchern
verborgen, die Wurst samt Schinken in den Brotkorb
geworfen. Wenn der Gast partout nicht weichen wollte,
stellte man ein Glas Salzstangen auf den Tisch und reichte
Himbeersirup mit Leitungswasser.

Fisch aß man nur, wenn die Zahnprothese gebrochen war. Außer, man hatte ein paar Dutzend Forellen aus den Fischteichen der Nachbardörfer angeln können. Die wurden aber nicht gekocht oder gegrillt, sondern allenfalls geräuchert auf frischem Brot gegessen. Für diese geklauten Fische bauten Bauern eigens Räucheröfen. Eigene Fische bekamen nie die rechte Würze.

In dieser Gegend galt das Matriarchat. Männer taten sich wichtig in Jagdgesellschaften, Schützenvereinen, an Stammtischen, bei der Feuerwehr oder Ortsversammlungen. Aber die Herrschaft gehörte den Frauen. Sie besprachen untereinander, wer von ihren Männern Bürgermeister oder Ortsvorsteher würde. Wann man die Kerle schicken sollte den Weizen zu mähen und wann man zu C&A in die Stadt fuhr.

Das Hoheitszeichen der Frauen war die Konfektionsgröße, die bei 48 begann und getrost auf 62 zu steigern war. Man nannte sie Trümmer, von Trumm, Brocken. Die Breite einer Trümmerfrau wird durch dieselbe Handbewegung beschrieben, die man vom beliebten Kinderspiel *Komm-in-meine-Arme* her kennt.

Gezüchtet wurde solch eine Leibesfülle mit Torten, traumhaft guten, selbst gemachten Sahne-Nuss oder Kiwi-Creme oder Frankfurter Kranz oder Schokolade-Heidelbeer oder Windbeutel. Die wurden in tagelanger Arbeit liebevoll zu allen Festen gebacken, verziert und aufgetragen. Für eine Gesellschaft, die am Abend auch noch ein ungeheuerliches Maß an Kartoffeln und Fleisch, ersticktem Gemüse oder schwimmendem Salat verdrücken musste, für solch eine Gesellschaft kalkulierte man pro Kopf eine halbe Torte.

Die Frauen verwalteten das Geld, den Männern wurde ein Taschengeld ausgezahlt. Dennoch waren die Trümmer ein solcher Antrieb ordentlich zu arbeiten, dass ein Bauer, dessen Frau vor ihrer Zeit gestorben war, mit Sicherheit Pleite ging, wenn er nicht innerhalb eines Jahres eine neue fand, die ihn malträtierte. Schaffte er das nicht, hatte er sofort die Mutter wieder am Hals.

Max hatte nur wenige Schritte vom Biergarten entfernt wieder Haltung angenommen. Er putzte seine Nase, wischte den Schweiß fort, kämmte die Haare, sah geradeaus und marschierte los. Die Notstandsgesetze seiner Seele waren in Kraft getreten: Nicht sein Hirn, sondern das Rückenmark hatte das Ruder übernommen. Körper und Gefühle waren auf Autopilot umgestellt. Kein Blick nach links oder rechts, sondern in strammem Schritt vorwärts, kilometerweit.

Als er Stunden später beim Autohaus ankam, schlich er in sein Büro, ohne dass jemand ihn sehen konnte. Er legte seinen leeren Kopf auf die Schreibtischplatte. Die Arme hingen schlaff herunter und er starrte mit offenen Augen an die Wand. Hätte eine Pistole neben ihm gelegen, man hätte glauben können, er habe sich eine Kugel in den Kopf geschossen.

Max kannte seinen Chef und Freund Hans aus pränatalen Zeiten: Ihre Mütter hatten gemeinsam die Wehen erlitten und exakt zur selben Zeit zwei Widder mit Aszendent Widder geboren. Sonne im ersten Haus, Mars im fünften, Mond im neunten, Saturn und Venus im zwölften. Hans sagte oft und gern, wenn einer beweisen könne, dass Astrologie Humbug sei: die beiden Freunde wären das lebende Beispiel dafür. Hans war ehrgeizig, impulsiv, liebte die Gefahr und das Abenteuer, ein echter Widder eben. Wenn er Max beschreiben sollte, sagte er lakonisch:

»Ach, der Max. DER Max? Der doch nicht.«

Ihre Mütter hatten die Kinderwagen gemeinsam durch die Straßen geschoben und später denselben Sandkasten bewacht, in dem Hans die Schippe auf Max' Kopf geschlagen und der das nicht mal mit Brüllen kommentiert hatte.

Hans schrieb zehn Schuljahre lang von Max ab. Zuletzt bekam er sogar das bessere Zeugnis, weil er quatschen konnte. Er wusste wenig, stellte seine Ahnungslosigkeit aber so perfekt zur Diskussion, dass ihn alle Lehrer ausnahmslos für ein aufgewecktes Kerlchen hielten.

Max konnte sich nicht für einen Beruf entscheiden, weshalb Hans kurzerhand zwei Stellen suchte. Während ihrer Kraftfahrzeug-Lehre war Max die Theorie anvertraut, Hans reparierte die Autos. Mit Hilfe einer Erbschaft eröffnete Hans ein eigenes Autohaus und stellte Max bei sich an. Hans handelte mit Autos, Max kümmerte sich um die Buchhaltung.

Hans schrieb weiter von Max ab: Wenn der Aufschneider einer Frau imponieren wollte, nahm er gern Max' Lebensart an. Faselte von seiner Liebe zur klassischen Musik, die nur Max hat, weil gute Frauen auf Händel und Grieg abfahren. Er gab Max' Kochrezepte als seine eigenen aus, weil die Frauen vor Bewunderung noch verrückter werden, wenn ein Mann für sie kocht. Welche kochende Frau wird bewundert? – Eben! Aber Kerle, und wenn sie noch so hässlich, dick und alt sind, werden kochend zu Fernsehstars.

Max liebte die Musik und Kochkunst, aber er redete nicht darüber, ließ Hans mit diesen Pfunden wuchern. Er hörte sich montags die Geschichten von kirre gemachten Frauen an und freute sich, dass ihm am Wochenende mal wieder nichts passiert war.

Das Autohaus hatte schon seit Stunden geöffnet.
»Sehen Sie, gnädige Frau«, umgarnte Hans eben seine erste Kundin, »dieses Auto ist ein Glücksfall für jeden, der einen soliden Gebrauchtwagen sucht.«
Die Dame trug einen Fettreifen um ihre Hüfte, der sie über den englischen Kanal gerettet hätte. Das Auto aber, das Hans ihr aufschwatzen wollte, war winzig klein. Hans war ein Künstler, jedes Verkaufsgespräch geriet ihm zur Performance. Je schwieriger es war, desto lustvoller empfand er es. Würde er es schaffen, die Dicke in das kleine Auto reinzukriegen? Mit welcher Strategie? Wie wäre es damit:
»Der bisherige Besitzer ist Oberstudienrat im Heilig-Geist-Gymnasium.«
Er suchte in Augen und Gesten der Kundin nach einer Reaktion.
»Eigentlich wollte er den Wagen behalten, aber er ist für drei Jahre nach Togo …« Hans suchte das allerbeste Wort. Nicht gefahren, geflogen, geschickt. Da musste noch was kommen, dahinter stehen, eine Art höhere Macht. Entsandt? Klingt zu sehr nach Auswärtigem Amt.
»… nach Afrika berufen.«
Staunend sah die Kundin Hans an. Sie sagte nichts, aber ihre Augen bettelten, er solle weitererzählen. Jeder Kunde wollte Geschichten erzählt bekommen, jeder! Und Hans hatte unendlich viele Geschichten auf Lager. Ob Dich-

ter oder Gebrauchtwagenhändler – beide haben das Talent, doch der Dichter bleibt arm, Hans dagegen wurde reich.

»In eine Missionsstation.«

»Ach, wirklich?«, schlug sie an. »Und die brauchen einen Lehrer?«

»Ja, gnä' Frau. Und sein Auto bleibt hier.«

»Interessant.«

Auf der Frontscheibe des Wagens klebte ein Preisschild. Darauf standen unverschämte zehntausend Euro. Die Frau starrte auf diese Zahl, es war zu viel. Treuherzig meinte Hans: »Der Wagen kostet siebentausend, vom Hof wie gesehen.«

Der Zeigefinger der Dame wies auf das Schild: »Aber da steht zehn.«

Hans schaute hin und wurde wahrhaftig blass. Schauspieler üben lange, um auf Befehl zu weinen. Hans konnte sogar auf Anhieb blass werden!

»Oh«, tat er betroffen, »da hab ich mich vertan, da hab ich das andere Auto dort hinten im Kopf gehabt.«

Vor Schreck bedeckte er seinen Mund mit einer Hand.

»Entschuldigen Sie, dieser Wagen kostet natürlich zehntausend Euro.«

Seine Stimme nahm einen unterwürfigen Ton an, er versuchte sich einzureden, Angst vor ihr zu haben. Innerlich bettelte Hans: *Bitte schlag mich nicht.*

Währenddessen drückte er unbemerkt einen Alarmknopf. Bei Dagmar im Sekretariat leuchtete jetzt eine Lampe auf. Ihr Signal, auf der Bühne zu erscheinen und ihren Part im Spiel zu übernehmen.

Hans wiegelte ab: »Ich meine, eigentlich ist das Auto ein bisschen zu klein für Sie, ich hätte da noch andere Angebote ...«

Dagmar stöckelte auf hohen Schuhen und im schwarzen Kostüm in den Verkaufsraum und spielte für Hans die dominante Chefin. Für ihren Auftritt mit Hornbrille kassierte sie bei Erfolg jeweils zehn Prozent Provision und verdiente auf diese Weise mehr als mit ihrer Schreibarbeit im Vorzimmer. Ihr Dialekt war nicht gespielt, sondern stammte aus Wien, wo Dagmar aufgewachsen war.

Hans faltete die Hände und flehte:

»Bitte, gnädige Frau! Da kommt meine Chefin.«

»Dann kann sie ja entscheiden.«

»Aber nein, ich bitte Sie.«

Dagmar wich nicht zurück, als die Kundin auf die vermeintliche Chefin zugeschossen kam:

»Das Auto sollte erst siebentausend kosten und nun will Ihr Verkäufer plötzlich zehn dafür.«

Dagmar warf einen Blick auf das Preisschild und antwortete ihr:

»Na schaun's, zehn steh'n drauf.«

»Aber gesagt ist gesagt!« Die Stimmlage der Frau wurde höher.

Dagmar wandte sich an Hans und sagte streng:

»Was für ein Angebot hast du der Kundin g'macht?«

»Entschuldigen Sie, Frau Chefin«, heulte Hans. »Aber ich habe mich vertan! Aus Versehen.«

»Wie viel?«

»Siebentausend, aus Versehen!«

Dagmar wandte sich wieder an die Frau. Verzog keine Miene und sagte:

»Sie haben ein G'schäft g'macht! I gratulier zu Ihrem Verhandlungsgeschick. G'sagt ist g'sagt, der Wag'n g'hört Ihnen für sieb'ntausend.«

Worauf sie Hans mit einem furchtbaren Blick strafte. Die

Käuferin musste ahnen, dass er später dafür büßen würde. Sie grinste frech. Hatte ein Schnäppchen gemacht und darüber ganz vergessen, ob sie dieses Auto wirklich wollte. Der Kleinwagen war das Geld nicht wert. Eine Anfängerin und nicht ein Oberstudienrat hatte das Getriebe zu Schrott geschaltet.

Als die Kundin mit ihrer Neuerwerbung stolz vom Hof fuhr und Hans und Dagmar ihren Erfolg feierten – »Du bist a Filou, Hansi. Was du dir immer für G'schichten ausdenkst«, stieg ein dunkel gekleideter Mann aus einem Jaguar. Er ging in die Verkaufshalle, begrüßte Hans mit einem Bruderkuss, legte ihm den Arm um die Schulter und führte den Chef in dessen eigenes Büro, nicht ohne Dagmars Hintern zu begaffen. Dagmar war sich nicht sicher, ob ihr Chef diesem Herrn die dominante Rolle aus Berechnung überließ oder ob Hans sich insgeheim wirklich vor dem Kerl fürchtete.

Der Fremde trat ins Büro. Da Max noch immer wie erschossen dalag, erschrak der in kriminellen Dingen bewanderte Gast, bekreuzigte sich christlich-orthodox und rief zugleich den Teufel zu Hilfe: »Bosche moi, tschorti schto.«

Hans legte den Arm um Max' Schulter und schüttelte ihn.

»Max? Alles in Ordnung mit dir?«

»Nein.«

Max stand auf, versteinert, aber funktionsbereit.

Im Büro legte der Mann eine Plastiktüte voller Dollarscheine auf Hans' Schreibtisch. Max sollte nachzählen, während Hans verhandelte. Der Mann sprach schlechtes Englisch mit rollendem R, diesmal sollte es ein roter Ferrari sein. Hans gab ihm sein Wort. Kein Problem!

»Fünfzigtausend«, meldete Max das Ergebnis. Er wollte mit der ganzen Sache nichts zu tun haben. Das war Hans' Angelegenheit, er zählte nur das Geld.

Als der Kerl endlich wieder weg war, verstaute Max die Dollarscheine im sichersten Versteck, das es in diesem Büro gab. Nicht in der Kassette mit der Handkasse, nicht im auffälligen großen Safe. Max rollte die Tüte zusammen, öffnete die Tür zu einem kleinen Bad, bückte sich vor dem Katzenklo, wühlte angeekelt in voll geschissener Streu und drückte die Tüte tief hinein, bis sie nicht mehr zu sehen war.

Aus seinem Büro hörte er Hans fragen, was mit ihm los sei und wo er so lange gewesen sei. Gleichzeitig griff Hans zum Telefon und wählte eine Nummer.

»Beim Arzt«, antwortete Max.

»Und?«, fragte Hans.

Max hockte noch immer vor dem Katzenklo und sagte mit ernster Stimme, laut und deutlich:

»Ich werde sterben, schon bald.«

Er stand auf, sah zu seinem einzigen Freund hinüber und suchte seinen Blick. Ging gar auf ihn zu. Hans schien keine Verbindung bekommen zu haben, er legte den Hörer beiseite und klopfte Max abwesend auf die Schulter. Dann wandte er sich zum Gehen und sagte:

»Na, dann ist ja alles bestens!«

Emmas Haus war viele hundert Jahre alt, ein Fachwerkgebäude mit schwarzen Balken und gekalktem Lehm, der an allen Ecken bröckelte. Darüber rankte wilder Wein, der die Mauern niederdrückte, verwunschen sah es aus. Der

Hof war eingebettet zwischen sanften Hügeln, Wiesen und Wäldern. Hier wuchsen die dicksten Pilze, standen die ältesten Eichen und hatten die Brüder Grimm ihre besten Geschichten gefunden.

Im Hof stand eine alte Kastanie, die in warmen Sommern Schatten spendete. Mit den Früchten dieses Baumes fütterte Emma im Winter das Rotwild, denn es konnte hier kalt und eisig werden.

Ein lang gezogener flacher Schweinestall begrenzte den Hof auf der einen Seite, die hohe Scheune auf der anderen; dahinter lag der Misthaufen. Es war der angestammte Platz des Hahns, der sich dort oben in Positur schüttelte, seinen zähen Körper lang streckte und sein Äh-ä-ä-ähhhh über Hof und Felder krähte. Er weckte Emma pünktlich am frühen Morgen und nahm sich zu jeder vollen Stunde ein Huhn vor. Uhren brauchte hier niemand.

Die Ställe waren tagsüber offen. Hühner pickten zwischen Traktor und Egge, scharrten in Böschungen nach Würmern. Die Schweine spazierten auf einer riesigen Wiese umher. In der Nähe des Baches, hinter dem Haus, hatten sie sich eine Suhle geschaffen, direkt unter einer mächtigen Buche.

Neben dem Bachlauf, etwa fünfzig Meter weiter, stand Emmas Badehäuschen. Ein Russlanddeutscher hatte es ihr mal gebaut, im Tausch gegen Fleisch und Wurst. Deshalb hatte Emma als einziger Mensch in der Gegend eine russische Banja, eine Art Sauna, die sie sehr schätzte. Sie heizte sowohl Bad als auch Wohnhaus mit Holz, das sie selbst in den Wäldern schlug, sägte und hackte.

Jedes Lebewesen profitierte hier von jedem: die Hühner von Emmas Gemüseabfällen, das Gemüse vom Hühnerdung, der Hahn von den Hühnern. Womöglich auch umgekehrt. Keiner hätte es zu sagen gewusst, und die Hühner äußerten sich nicht dazu.

Emma lebte von den Schweinen und der wunderbaren Wurst, die sie daraus machen konnte, und die Schweine wiederum fraßen Emmas Abfälle. In diesen Kreislauf war Emma eingebunden, sie war Teil des Ganzen und ganz und gar daheim. Aber auch gefangen, weil sie die anderen Kreisläufe da draußen nicht verstand.

Wie das mit dem Mofa angefangen hatte, wusste Emma selbst nicht mehr. Es war die alte Zündapp ihres Vaters, die sie geerbt hatte, als er starb. Der Vater war damit die kurvenreiche Straße durch den Wald in die Stadt gefahren. Aber Emma hatte kein Ziel da draußen. Sie kannte keinen Menschen außerhalb ihres Dorfes und wagte sich nicht in die Stadt. Alles wagte sie, nur das nicht.

Aber Emma fuhr das Mofa. Sie hatte sich eine eigene Strecke angelegt, schnurgerade neben ihrem Haus. Von eigener Hand geteert. Eine Straße, die sinnlos zu sein schien. Die irgendwo im Grünen begann und nach tausend Metern kurz vor den großen Tannen endete. Natürlich war ihr eigenwilliger Straßenbau nicht genehmigt, aber was machte das schon. Henner war hier das Gesetz. Kein anderer Polizist wollte in dieser gottverlassenen Gegend Dienst tun. Wenn Henner den Vorgesetzten in der Stadt Landfrieden meldete, war deren Welt in Ordnung.

Emma schob also ihre alte Zündapp mühsam den Feldweg hinauf, an den Beginn ihrer Privatstraße. Sie stellte die Maschine in Fahrtrichtung, setzte sich drauf, startete und ließ den Motor warm laufen.

Emmas Hof lag einige hundert Meter abseits vom Dorf. Doch

Henner konnte dieses *Brmmm Brmmm* hören, es drang durch sein geöffnetes Fenster in die mickrige Polizeistube. Nachsichtig schüttelte er den Kopf und lächelte. Denn ihm gefiel ja, was Emma da tat. Ihm gefiel alles an ihr.

Wenn Emma ihren kleinen Zweitakter aufheulen ließ, war das wie ein Signal für die Dorfbewohner. Sie wussten Bescheid. Mehrmals in der Woche ertönte es. Jeder konnte es hören, die meisten ignorierten es. Einige aber gerieten darüber in helle Aufregung. Henners alte Mutter zum Beispiel, sie verfluchte ›diese Schlampe‹ und steckte sich vor Wut gleich zwei Kippen an. Der Bäcker lauschte dem Geräusch mit gieriger Aufmerksamkeit, seine Frau aber zerrte die Kinder ins Haus. Der Kartoffelbauer aber ließ sich von dem Signal über alle Maßen stimulieren. Er machte eine Pause, lehnte sich mitten auf dem Acker an seine Kartoffelsäcke und freute sich auf den Genuss.

Auch Henner legte eine Vesperpause ein. Im Unterschied zum Bauern aber, um tatsächlich zu essen! Ernsthaft entspannen konnte ihn einzig ein ordentliches Leberwurstbrot. Und das Schärfste, wovon Henner träumte, war der Senf darauf.

Emma gab Gas, das Mofa raste los wie der Teufel. Ihre alte Zündapp hatte eine herrliche Unwucht in der Schwungscheibe. Nach nur dreihundert Metern begann deshalb der Ledersattel stark zu vibrieren. Emma drückte ihren Rücken gerade, hielt mit gestreckten Armen den Lenker weit vor sich und schob ihren Unterleib so weit vor, bis die Erschütterung, dieses kleine süße Zittern, sie heftig reizte. Nach nur sechshundert Metern kam Emma gewaltig. Vor Wollust schloss sie die Augen, dreihundert Meter fuhr sie fast blind. Ihre Arme hielten den Lenker steif geradeaus, um in der Spur zu bleiben. Ihre Seele aber tat das Gegenteil. Sie musste sich zwingen die Augen zu öffnen, denn die Bäume am Ende der Straße rasten gefährlich auf sie zu. Emma riss den Lenker herum und bremste mit voller Wucht. Auf den letzten Metern Asphalt schmierten die Reifen, das Mofa geriet ins Schleudern und schlitterte von der Teerstraße in den Dreck. Wie immer konnte die Zündapp von Emma erst im allerletzten Moment gestoppt werden. Plötzlich war es still, nur ein Amselmännchen zwitscherte in den Tannen.

Kaum waren die hochtourigen Motorengeräusche verklungen, beruhigten sich die Leute im Dorf. Henner war satt, der Bäcker atmete tief in seine warmen Brote und der Bauer hatte seinen Acker besamt. Nur Henners Mutter und die Bäckerin spuckten Nikotin und Galle.

Emma wendete ihre herrliche Maschine und fuhr in weichen Schwüngen und Bögen entspannt zurück. Nachdem sie gekommen war, hörte sie herrliche Töne. Ihr Gemüt war in Watte gepackt. Starke Arme hielten sie sicher und beherrschten sie doch nicht. Alles wird gut, es wird Federn regnen.

Dann ist ja alles bestens ... Hans hatte ihm nicht mal zugehört. Niemand hörte zu! Wieder liefen sie los, die Tränen. Tropften aus seinem Gesicht. Er kannte das nicht und er wollte es nicht. Nicht hier im Büro! Wie sollte er sich ablenken? Er stand auf, ging durch die Halle, streichelte die ausgestellten Autos. Der bildschöne Lack beruhigte ihn. Max schnäuzte sich und atmete tief durch. Noch ging das. Sein Körper bewegte sich. Noch.

Leben. Die letzten Wochen leben? Wie?

Jedenfalls nicht in diesem Autohaus.

Er ging durch die Halle nach draußen, lief zu Fuß die Straße hinunter. Dachte nach; suchte in seinem kargen Leben nach etwas, was gut war, etwas, für das es sich lohnen würde, noch einmal zu leben. Wann war was gut gewesen? Als seine Eltern noch lebten, da war es gut.

Und er hatte mal ein Preisausschreiben gewonnen, vor Jahren. Das war auch gut. Eine Reise in die Karibik, an den Golf von Mexiko. Den ersten Preis, dabei wollte er erst gar nicht hin!

Was wäre, wenn er im Meer ertrinken würde? Hans hatte ihn vorwurfsvoll gefragt:

»Wieso kannst du nicht schwimmen?«

»Weil ich Angst vor Wasser habe.«

»Geh einfach rein!«

»Ich gehe erst ins Wasser, wenn ich schwimmen kann.«

»Wie bitte? Das ist ja absurd. Du kannst doch nur im Wasser schwimmen lernen!«

»Das ist ja mein Problem!«

Hans fasste sich an den Kopf. Max lamentierte weiter:

»Was wäre, wenn das Flugzeug abstürzt? Was, wenn ich Malaria oder Typhus kriege? Was ist, wenn es mir dort gar nicht gefällt?«

Hans brüllte ihn an:

»Dein ewiges *Was wäre, wenn ...* geht mir auf die Rübe, du! Hast du sie noch alle? Wieso haste das Preisausschreiben überhaupt gemacht? Jetzt haste gewonnen, jetzt fliegste auch, sonst tret ich dir in den Arsch!«

Er drohte sogar, ihm die Freundschaft zu kündigen, ihn zu entlassen, wenn er den Preis nicht annähme.

Es wurden die zwei schönsten Wochen in Max' Leben. Er wohnte nördlich von Quintana Roo auf der Insel Holbox in einer herrlichen runden Maya-Hütte, mit Palmenblättern bedeckt. Bambusmöbel, Tropenholzparkett. Ventilator an der Decke, Moskitonetz über dem Bett, eine blau-weiße Hängematte auf der luftigen Veranda. Dort lag er am liebsten und blickte auf das wunderbare karibische Meer. So ein schönes blaues Licht, eine Farbenpracht, das Wasser türkis! Und die Pelikane! Ach, die Pelikane!

Max verbrachte Stunden am Strand und sah den Pelikanen nach. Dunkel waren sie hier, fast hässlich schwarzgrau. Wie Geier sahen sie aus, wäre da nicht der charakteristische Sack unter dem großen Schnabel gewesen. Die flogen übers Wasser und hielten Ausschau nach einem Fisch, der sich fressen ließ. Und kaum hatten sie einen erspäht, der ahnungslos seine Runde schwamm, ließen sie sich genau da fallen. Sie klappten die Flügel ein und rasten im Sturzflug mit dem Kopf zuerst ins Wasser, es spritzte und klatschte beim Aufprall. Sie fingen nicht viel, vielleicht einen Fisch auf zehn Sturzflüge. Den schluckten sie gleich oder verwahrten ihn im Schnabelsack. Und ab ging es, wieder hoch. Spähen, Sturzflug. Das Wasser spritzte.

Max hatte sich nicht satt sehen können; so wie die Pelikane hatte er endlich ins Leben fallen wollen, dass es spritzte. Dort in Mexiko hatte er etwas verstanden. Nach Deutschland zurückgekehrt überwucherten seine *Was-wäre-Wenns* alle karibischen Träume und erstickten sie zu Tode.

Max spazierte jetzt durch die Stadt, Kilometer um Kilometer. Bis er vor dem Reisebüro stand. Er nahm seinen ganzen Mut zusammen und ging hinein.

»Nach Mexiko. Wochen, ja. Einige Wochen hoffentlich noch. Drei Monate müssten reichen, denke ich. Teuer. Ja natürlich. Das ist mir klar. Morgen bringe ich das Geld. Amerikanische Dollar, das geht doch? Danke. Bis morgen dann.«

Am folgenden Tag, einem Samstag, wartete Max auf die Dunkelheit. Er hatte eine Jeans, an der noch das Preisschild hing. Er hatte sie aufgehoben, für später. Später war jetzt, also riss er das Schild ab und zog die Hose an, dazu ein T-Shirt, darüber eine Lederjacke, irgendwann einmal gekauft und nie angerührt.

Er packte ein paar Sachen zusammen für die kleine Reisetasche. Steckte seinen Pass ein. Der war wahrhaftig nur noch einige Monate gültig. Das sollte wohl reichen, dachte er bitter.

Im Wohnzimmer nahm er das Foto seiner Eltern aus dem Holzrahmen und legte es in seine Brieftasche. Dann schaute er sich ein letztes Mal in seiner perfekt eingerichteten Wohnung um, die noch vom Vater so schön und harmonisch gestaltet war, wie er sich selbst nie gefühlt hatte. Deshalb hatte er seit Jahrzehnten nichts verändert.

Er wollte schon die Haustür hinter sich schließen, da überlegte er es sich anders. Er ging zurück ins Wohnzimmer, an seinen Esstisch. Und warf einen seiner herrlich geschwungenen Thonetstühle um. Ließ ihn hilflos auf dem Boden liegen, lächelte über seinen kleinen Sieg und verließ seine Wohnung für immer.

Max hatte sein Auto hinter der Werkstatt geparkt. Sich umgesehen, ob nicht doch zufällig jemand hier war. Aber alles war wie immer. Die Halle mit den Wagen war beleuchtet, im Büro dagegen alles dunkel.

Er lief über den Hof, auf das Gebäude zu, wie schon tausend Male zuvor, doch heute schlug ihm das Herz bis zum Hals. Er schloss auf und betrat das Autohaus mit einer Taschenlampe, wie ein Verbrecher!

Er machte einen Schritt in den Raum. Der Lichtkegel suchte den Schreibtisch, fand das Telefon, den Safe, bei dem es sich nur um eine Attrappe handelte. Da plötzlich spürte er, wie ihn etwas an der Ferse berührte. Max schrie auf, wich zurück.

»Miauuuu.«

»Scheiß Katze.«

Sein Kreislauf kam aus dem Rhythmus, etwas schmerzte im Brustkorb. Um sich zu beruhigen, setzte er sich in Hans' Ledersessel, legte seine Hand aufs Herz und atmete bewusst langsam.

Zu derselben Zeit traf Hans auf einem verlassenen Parkplatz an der Autobahn einen dürren Broker, erst fünfundzwanzig Jahre alt. Der junge Ferraribesitzer war schlecht bei Kasse, hatte sich mächtig verspekuliert, da waren Ideen gefragt.

Hans kaufte ihm den Ferrari ab. In seiner Werkstatt würde er die Seriennummer abschmirgeln lassen, den Lack umspritzen und sein Kontaktmann, ein Weißrusse, würde diesen Wagen nach Minsk bringen. Dass ihn dort die Straßenverhältnisse ruinierten, war dem neureichen Käufer egal. Der hatte schon ganz andere Sachen in dieser Preisklasse zerstört. Mitte nächster Woche würde der kleine Broker das Auto als gestohlen melden, die Versicherung zahlte ja.

Max hatte die Taschenlampe unter die Achsel geklemmt, die Badezimmertür geöffnet und angeekelt das Katzenklo durchwühlt. Der Lichtkegel flackerte wirr durch den Raum, die Flurwand entlang, an den Fenstern vorbei. Was Hans sah, als er auf den Hof fuhr.

Er stellte sofort den Motor des Ferrari aus, damit niemand ihn hören konnte. Rannte mit einer Bärenwut im Bauch in sein Büro, um die Einbrecher auf frischer Tat zu erwischen. Dabei ließ er in der Eile den Schlüssel stecken, schloss auch nicht die Fahrertür des Wagens, um jedes Geräusch zu vermeiden.

Max hörte ihn, erkannte Hans' Schritte. Starr vor Schreck umkrallte er die Tüte mit dem Geld.

Wäre er doch nur! Hätte er doch nicht! Bevor er überhaupt nachdenken konnte, was er nun sagen oder tun sollte, war es zum Fliehen zu spät. Schlotternd versteckte er sich hinter dem bodenlangen Vorhang. Die Dollar drückte er fest an seine Brust.

Hans stieß furchtlos die Tür zu seinem Büro auf und rief blind ins Dunkel: »Polizei, Hände hoch!«

Nichts rührte sich. Er knipste das Licht an und schaute sich im Raum um. Da schlich die Katze schnurstracks zu Max' Füßen, die hinter dem Vorhang hervorlugten.

Hans schob den Stoff beiseite und die beiden Männer starrten einander an. Da holte der liebe-nette-brave Max, der Max, der immer alles machte, der nichts wollte und verlangte, ausgerechnet dieser Max holte aus, ohne Vorwarnung. Schleuderte die Tüte seinem Freund so fest gegen die linke Wange, dass der verblüfft umfiel. Diesen kurzen Augenblick nutzte Max aus. Er rannte hinaus und war geistesgegenwärtig genug, im letzten Moment die Tür hinter sich zu verschließen.

Hans rappelte sich auf, donnerte mit der Faust gegen die Tür:

»Mach auf, was ist denn mit dir los, bescheuert oder was?«

Max aber lief über den Hof, sah den offenen Ferrari und

sprang hinters Steuer. Die Tüte mit dem Geld warf er neben sich auf den Beifahrersitz und brauste davon.

Die Wucht der vielen PS drückte seinen Rücken fest ins Leder, in wenigen Sekunden beschleunigte er von null auf hundert. Das war er nicht gewohnt. Krampfhaft hielt er das Steuer fest und versuchte, mit diesem verrückten Auto einigermaßen zurechtzukommen, es wenigstens in der Stadt auf siebzig Stundenkilometer herunterzukochen. Es war richtig schwer damit langsam zu fahren. Himmlisch, so eine Karre.

Hans konnte sich befreien. Er kletterte durchs Fenster. Dass der Ferrari weg war, machte ihn so wütend, dass er gegen einen Mülleimer trat, der aus der Halterung fiel und scheppernd auf den Hof krachte.

Er ging auf das Auto von Max zu, in dem auch noch die Schlüssel steckten. Er musste jetzt nur versuchen, mit dieser Gurke den Ferrari, sein Geld, Max einzuholen. Was war eigentlich in den Kerl gefahren?

Gerade als Max aus der Stadt herausfuhr, begann es zu schütten. Der Regen war stark wie ein Monsun. Es goss aus Eimern, das Wasser prasselte auf die Windschutzscheibe. Die Scheibenwischer waren völlig überfordert. Max war gezwungen, langsam zu fahren. Hans aber riskierte alles, er war der bessere Fahrer. Er holte Max auf, als der den Waldrand erreichte. Hier wurde die Straße enger, schlängelte sich die Berge hoch. Für Max wurde es mühsam. Hans jagte ihn, überholte ihn! Stellte sich quer, wollte ihn stoppen. Aber Max wagte sich vorbei, gab Gas. Er wusste, er musste schneller sein. Doch er konnte kaum etwas sehen außer Regen. Hans drehte, holte auf. Drückte sogar von hinten an die Stoßstange. Da endlich schoss Max mit voller Kraft los. Mit Ach und Krach schaffte er einige Kurven. Und dann kam eine Stelle, die der Ferrari einfach nicht mehr nehmen wollte. Max lenkte zwar richtig, aber die Reifen weigerten sich, das Auto flog mit Max durch den Wald und eine Böschung hinunter.

Hans aber fuhr an der Stelle vorbei, tiefer in den Wald hinein. Viele Kilometer weiter gab er die Verfolgung auf. Max schien mitsamt dem Ferrari wie vom Erdboden verschluckt. Er wendete den Wagen und fuhr zurück, suchte, so gut das in der Nacht ging, fand aber nichts. Die Stelle, wo Max mit dem Ferrari eine kleine Schneise in den Wald geschlagen hatte, war in der Dunkelheit nicht zu sehen. Fluchend fuhr Hans wieder in die Stadt, vorerst.

Max atmete erleichtert auf. Endlich war es vorbei. Verbrecher werden, nach Mexiko abhauen und in türkisfarbenem Wasser sterben? Es sollte nicht sein. Starb er halt hier im Wald.

Wie in Zeitlupe zogen die Bäume an ihm vorbei. Ein faszinierender Flug. Ganz langsam drehte sich der Wagen. Max nahm alles wahr, ganz genau. Während das Auto die Böschung hinunterkrachte und sich mehrfach überschlug, saß er angeschnallt im Wagen und stellte ruhig fest, dass das wenigstens ein aufregendes Ende war.

Er wartete darauf, dass nicht nur die Bäume, sondern auch sein Leben in Sekunden an ihm vorüberziehen würde. Aber dieser Film war bei ihm nicht im Programm. Er sah nur einen Dampfkochtopf. Kochend, auf einem Herd. Sonst nichts.

Unspektakulär, so ein Tod. Hätte er gewusst, dass es sich so leicht sterben lässt, er hätte nicht sein ganzes Leben damit verplempert, sich davor zu fürchten.

Dampfkochtopf?!

Das Blech des Ferrari krachte, seine Scheiben schlugen heraus und zerplatzten wie Seifenblasen, die winzigen Glasstücke schimmerten farbig. Auch ein paar kleine Bäume hatte es erwischt. Nur Max nicht. Der bekam erst ganz zuletzt einen festen Schlag gegen die Schläfe, als ein dicker Ast ihn traf. Das Autowrack blieb unterhalb der Böschung liegen, auf dem Gelände eines einsam gelegenen Bauernhauses. Die zerborstene Kühlung zischte, der heiße Motor dampfte im Regen.

Emma wurde vom Aufprall des Wagens aus dem Schlaf gerissen. Sie ging zum Fenster und sah, wie unterhalb der Böschung im heftigen Regen Scheinwerferlichter schimmerten. Kurz entschlossen zog sie sich den riesigen olivgrünen Regenmantel ihres Großvaters über. Da er länger war als sie, schleifte sie ihn am Boden hinter sich her wie eine Schleppe. Der Mantel hatte eine Kapuze, die zog sie über den Kopf und ging hinaus.
Emma schaute sich das Autowrack an, ohne Panik, ohne Schrecken, einfach nur neugierig, interessiert.
Das war mal ein schönes Auto! In aller Seelenruhe ging sie um den roten Blechhaufen, staunte über den wundersamen Motor, der aus der verbeulten Blechhaube lugte und so ganz anders aussah als der ihres Traktors.
Jetzt erst nahm sie den bewusstlosen Mann hinter dem Lenkrad wahr. Emma berührte ihn leicht, stupste an seinen Brustkorb. Der Mann bewegte sich nicht. Er blutete auch nicht. Emma befühlte seine Halsschlagader. Er lebte.
»Ein Mann also.«

Endlich hatte der Himmel mal einen geliefert, und schon war er futsch; beim Transport kaputtgegangen. Doch besser ein kaputter Mann als gar keiner, dachte Emma. Der wird schon wieder!

Sie löste den Sicherheitsgurt, packte den Fremden unter den Achseln und zog ihn aus dem Wagen. Ihre Kapuze rutschte vom Kopf, die Haare wurden im strömenden Regen nass. Der Körper des Mannes auch. Also nahm sie all ihre Kraft zusammen, hob ihn hoch, legte ihn über ihre Schulter wie eine tote Schweinehälfte und trug ihn über die Schwelle ihres Hauses.

In der Küche legte sie ihn auf den Tisch. Darauf stand noch ein Teller, der nun auf den Boden fiel und zerbrach. Der Mann wachte davon nicht auf, aber immerhin, er atmete. Emma zog den Regenmantel aus, nahm den Kessel vom Herd und füllte eine Emailleschüssel mit warmem Wasser. Sie zog ihm die nassen Kleidungsstücke vom Körper und warf sie unter den Tisch. Dann rieb sie ihn ohne Scham oder Verlegenheit trocken. Er hatte sich beim Unfall überall gestoßen, aber nichts an ihm schien ernsthaft kaputt zu sein.

Emma rannte hoch in ihr Schlafzimmer, warf ihre Bettdecke vom Bett, lief wieder hinunter. Sie legte den nackten Körper wieder über ihre Schulter und trug ihn die Treppe hoch. An ihrem Bett rollte sie ihn ab, legte ihn vorsichtig hin und deckte ihn zu. Fühlte noch mal seinen Puls, horchte auf seinen Atem. Alles schien in Ordnung zu sein mit ihm. Er blieb einfach nur bewusstlos. So ließ sie ihn vorerst allein.

Unten zog sie den Regenmantel wieder über und ging erneut zum Autowrack, um nach seinen Sachen zu suchen. Er hatte keine Reisetasche, keinen Koffer, keine Aktentasche. Nur eine Plastiktüte auf dem Beifahrersitz, in die sie ohne zu zögern hineinsah.

»Lieber Gott, mach mich reich oder glücklich«, hatte sie jeden Abend bei offenem Fenster gebetet. Jahrzehntelang, immer hoch in den Himmel hinein, zuletzt nur noch aus Gewohnheit. Und jetzt das! Sie nahm die Tüte mit in die Schlachtkammer, wo es trocken und hell war. Öffnete sie wieder, schaute hinein. Lauter fremde Scheine, Dollar! THE UNITED STATES OF AMERICA stand drauf. Mit Männergesichtern, die sie noch nie gesehen hatte, aber Dollar kannte Emma aus dem Fernsehen. Geldscheinpakete so dick wie Bücher. Wie sich das anfühlte!

Jetzt doch Henner holen, um Hilfe bitten?

Nein. Niemals.

Reich *oder* glücklich? Eine halbe Stunde Leben, und schon hatte sie eine Tüte voller Geld in der Hand und einen nackten Mann im Bett. Reich *und* glücklich. Nicht zu fassen! Sie brauchte Geld und sie wollte einen Mann. Nun hatte sie beides, das wird sie schön behalten.

Sie nahm die Tüte und versteckte sie im Stall hinter dem Trog des Ebers. Der war gefährlich, hierher wagte sich niemand, außer ihr. Jetzt musste sie nur noch dafür sorgen, dass niemand von dem Diebstahl erfuhr.

Aus dem Geräteschuppen holte sie einen Kanister Benzin-Öl-Gemisch, überschüttete den Wagen damit und steckte das Auto des Fremden in Brand. Die Flammen schlugen hoch.

Alle Dorfbewohner schliefen, nur Henners Mutter litt wie jede Nacht unter Schlaflosigkeit. Und so hörte sie dieses seltsame Knistern und Prasseln, ging zum Fenster und sah einen roten Schimmer am Nachthimmel, über Emmas Hof.

Ein gehässiges Lächeln verzog ihr Gesicht. Hatte Emma

eine marode Stromleitung? Oder hatte einer von der Feuerwehr mal wieder gezündelt? In dieser Gegend legten sich die Freiwilligen ihre Brände meist selbst.

Henners Mutter sah es lichterloh brennen und dachte nicht daran, Alarm zu schlagen. Dann würde ja ihr Henner im Schlaf gestört! Neugierig betrachtete die Alte den flackernden Lichtschein. Sie hielt Emma für eine Schlampe, schon wegen der Mofageschichte. Vor so einer musste sie ihren Henner beschützen, das war ihre Pflicht als gute Mutter. Denn Henner litt unter Asthma, von klein auf. Der Landarzt hatte auch gewarnt, eine glückliche Ehe könnte Henner umbringen. Nun war da also Feuer auf Emmas Hof. Die Alte steckte sich eine Zigarette an. Henner gehörte ihr. Sie hatte ihn unter Schmerzen geboren und mit eigener Hand großgezogen. Sie wusch noch heute seine Hemden und stopfte seine Socken. Sie war die beste Frau für ihren Sohn, wozu also noch eine? Eben. Drum. Lass brennen. Gute Nacht!

Emma hatte sich in ihrer Küche die Haare trocken gerubbelt. Sie holte sich ein T-Shirt von der Wäscheleine. Zur Sicherheit warf sie noch einen bunten Kittel über, falls er doch die Augen aufschlagen sollte.

Oben in ihrem Schlafzimmer stellte sie sich einen Stuhl vors Bett, setzte sich und betrachtete den fremden Mann. Noch einmal stupste sie ihn, aber er rührte sich nicht, blieb bewusstlos. Erneut kontrollierte sie seinen Puls, seine Atmung. Der Mann schlief tief. Noch nie hatte ein Fremder in ihrem Bett gelegen. Henner, aber den kannte sie ja schon immer.

Emma legte ihre Finger vorsichtig auf seine Kopfhaut und fuhr an seinem hohen Haaransatz entlang. Sie betrachtete seine Haare, sie waren noch alle braun. Schaute sich die Kopfhaut an, fand weder Schmutz noch Schuppen.

Mit dem Zeigefinger fuhr sie über jede einzelne Falte seiner Stirn. Er hatte viele Falten, sechs oder sieben. Und tief waren sie. Er war kein fröhlicher Mann, sondern einer mit Sorgen. Unter den Augen war die Haut geschwollen, der Rand etwas blau. Emma zog wie ein Arzt das untere Augenlid herunter, entdeckte rote Äderchen auf seinem gelben Augapfel. Seine Leber war nicht in Ordnung. Ob er zu viel trank?

Dann hob sie seine Oberlippe und begutachtete sein Gebiss, als sei er ein Pferd, das sie kaufen wollte. Mit seinen Zähnen war sie recht zufrieden. Sie roch an ihm. Kein Mundgeruch.

Sie guckte in seine Ohren, pulte mit ihrem kleinen linken Finger hinein, fand aber kein Schmalz unter ihrem Nagel. Sie sah in seine Nase, stand auf und beugte sich tief hinunter, um richtig in seine Nasenlöcher hineinsehen zu können. Ein paar Härchen lugten ein wenig hervor, aber kein Popel. Zufrieden lehnte sie sich zurück und betrachtete sein Gesicht von weitem.

Sie nahm seine rechte Hand in ihre Hände. Streichelte die Innenseite, drehte die Hand, fuhr über die Außenseite. Keine Schwielen, keine Brüche in der Haut. Die Hände des Fremden waren weich und zart. Ihre dagegen, die sie nun zum Vergleich betrachtete, waren breit, stark und rissig. Richtige Pranken hatte sie im Vergleich zu ihm. Ein Mann aus der Stadt also.

Sie schob die Bettdecke beiseite und strich mit ihrer Hand von der runden Schulter über seine spärlichen Brusthaare zum Oberbauch. Sie fühlte wenige Muskeln, auch nicht übermäßig viel Speck. Eher eine mitteldicke weiche Fettschicht, die ihn umhüllte und etwas rund machte. Emma kam ihm so nah, dass seine Brusthaare ihr Gesicht streichelten. Und wurde in diesem Augenblick magisch angezogen von seinem Geruch, suchte mit ihrer Nase und fand die beste Stelle in einer kleinen Einbuchtung nahe dem Schulterbein am unteren Ende des Halses. Hier roch er so köstlich, dass Emma ihre Nase in die Vertiefung wühlte, schnüffelte, den Duft tief einsog und nicht genug von ihm bekommen konnte. Sie erkannte ihn an seinem Geruch. Das hier war ihr Mann.

Emma hüllte ihn wieder in die Bettdecke, lehnte sich zurück und ließ ihre Gedanken spazieren gehen. Dann hob sie plötzlich die Decke an der unteren Seite hoch und nahm sich seine Füße vor. Sie zog seine Zehen auseinander, roch in die Lücken. Befühlte das Nagelbett, streichelte über die Ferse. Alles war glatt, vollkommen sauber und gepflegt.

Emma war immer barfuß draußen, im Sommer. Sie hob ihren rechten Fuß hoch und legte ihn zum Vergleich neben seinen. Ihr Fuß war schmutzig und verhornt. Seiner weiß und weich wie seine Hände.

Emma nahm ihren Fuß wieder vom Bett und machte es sich erneut bequem. Ihre Augen schweiften über die Bettdecke und blieben in der Mitte seines Körpers hängen.

Sie fixierte die hohe Federdecke und grinste dabei so unternehmungslustig wie einst das sechsjährige Mädchen im Maisfeld. Langsam hob sie die Decke an, bis die Sicht auf ihn frei war. So diskret, wie es einer Bauersfrau möglich war, lugte sie von weitem.

Sein Glied war ebenfalls bewusstlos, es lag links auf seinem Oberschenkel. Emma schien es zu gefallen; in ihr Gesicht schlich sich ein zartes zufriedenes Lächeln. Vorsichtig senkte sie die Decke wieder und stand von ihrem Stuhl auf. Schüttelte noch mal ein paar Federn an der Seite hoch, strich ihm zärtlich über die Stirn und hauchte ihm einen Kuss auf die Lippen, löschte das Licht und verließ ihr eigenes Schlafzimmer mit einem leichten Schaukeln in den Hüften.

Emma hatte einen Lieblingsplatz im Stroh, da schlief sie heute. Drei Wände waren aus Strohballen um ein Scheunenfenster herum gebaut, der Boden war mit frischem Heu ausgelegt.

Schon als Kind hatte sie hier gelegen. Ihren Großvater hatte das wütend gemacht, so wie ihn alles wütend machte. Wenn er sie im Stroh vermutete, brüllte er vor Wut und drohte mit der spitzen Mistgabel. Er behauptete, sie zerstöre im Spiel die Strohballen. Noch im Greisenalter kletterte er die dünne Stiege hoch auf den Boden, aber Emma konnte immer rechtzeitig fliehen. Sie sprang aus dem Fenster und fiel drei Meter tiefer auf den Misthaufen, der darunter lag.

Oben drohte der Tyrann, und Emma saß unten im Dreck, lachte und schnitt ihm Grimassen, was dem Alten seine tägliche Dosis kreislaufstärkendes Adrenalin verschaffte:

»Gewitterhexe! Teufel noch eins, ich schlag dich windelweich. Sollst sehn, wer hier Herr im Haus ist, wenn ich dich erwische.«

Heute Nacht hatte sie das Scheunenfenster offen gelassen, weil sie vor dem Einschlafen so gern den Sternenhimmel betrachtete.

Doch die Nacht war kühl, und die schlimmen Träume, die Emma regelmäßig heimsuchten, plagten sie auch in dieser Nacht. Unruhig wälzte sie sich hin und her und schüttelte ihre Decke ab. Emma wachte davon auf. Sie fror. Die Träume hatte sie vergessen, sobald sie die Augen öffnete. Nur ein Jammer blieb zurück. Das Gefühl, an irgendwas Schuld zu sein. Sie zog die Decke über sich und häufte duftendes Heu darüber, bis ihr wärmer war. So lag sie da, und ihre Gedanken flogen über den dunklen Horizont.

Jeder Stern ein Dollarschein. Dollar! Wo sollte sie dieses fremde Geld umtauschen?

Was sollte sie mit dem Mann machen?

Sie musste zu einer Bank, in die Stadt. Aber da war sie noch nie gewesen! Hier im Dorf gab es nur die Postbank, für die war ausgerechnet die Bäckerin zuständig.

Wie kriegte der Mann die Ohren so sauber?

Wenn sie mit einem Mal die Raten für den Hof bezahlen konnte, würde Henner fragen, woher sie das Geld hatte. Er war nicht nur ihr Freund, er war ja auch Polizist.

Wie oft schnitt er die Haare in seiner Nase?

Lotto! Sie wird sagen, sie habe im Lotto gewonnen. Aber sie hat doch nie Lotto gespielt. Weiß nicht mal, wie das geht.

Emma streichelte ihre Brüste und stellte sich vor, seine Hände täten es. Wie aufregend, ein fremder Mann in ihrem Bett. Wenn er aber morgen wieder weg war? Er musste bleiben.

Geschenkt? Emma hatte niemanden, der ihr was schenkte. Wenn Henner es rauskriegte?

War der Fremde anders als Henner? Emma war neugierig, so neugierig! Sie hatte schon Vorstellungen, was sie mit dem neuen fremden Mann machen könnte.

Aber was, wenn er vorher ging? Er durfte nicht gehen, auf gar keinen Fall!

Gefunden! Sie hat das Geld gefunden!

Dann konnte der Mann aber sagen, es gehöre ihm. Schon war es weg, und der Finderlohn reichte nicht für den Hof. Woher hatte der Mann überhaupt so viel Geld? Und wieso tat er es in eine Plastiktüte? Hatte er Lotto gespielt? Es geschenkt bekommen? Gefunden?

Nein, er hatte es geklaut! ER war ein Dieb, nicht sie. – Oder vielmehr erst er, dann sie.

Ein Dieb also. Na, das war ja mal was! Verbrecher sollen hoch begabt sein in der Liebe. Sagte das Fernsehen.

Die Sache mit dem Auto hatte sie gut gemacht. Verbrannt. Also ist die Tüte mit dem Geld auch verbrannt. Würde er denken. Würde er glauben müssen!

Sie wollte, dass er ein Dieb war. Dann konnte sie das Geld behalten. Und er musste bei ihr bleiben, sie würde ihn verstecken und behalten. Hatte das Geld und den Mann.

Morgen würde sie ihm die Sauna anheizen, das würde ihm gefallen. Alles würde sie tun, damit es ihm hier gefällt.

Ihre Augen fielen zu, Mann und Geld. Perfekt.

Das gehörte nun ihr allein. Im herrlichen Heu und duftenden Stroh schlief Emma friedlich ein. Der Großvater war tot, zum Glück. Alle waren tot, zum Glück.

Als Max aufwachte, lag er in einem fremden Bett. Eine dicke Federdecke drückte ihn tief in die weiche Matratze. Der Bettbezug, ein piefiges lila Blümchenmuster, war alt und verwaschen. Max schien in tiefer Ohnmacht gelegen zu haben, denn er hatte den Hahn nicht gehört, der Emma schon vor Stunden geweckt hatte.

Unbeweglich lag er unter der schweren Bettdecke und starrte hoch. Über ihm spielten Stubenfliegen Fangen, flogen im spitzen Winkel hin und her. Schlugen eine andere Richtung ein und flogen zurück und wieder vor, ohne Unterbrechung. Er beobachtete das Spiel lange, so etwas hatte er noch nie gesehen.

Max bewegte nur die Augen. Lenkte sie nach rechts. Da bemerkte er neben dem Bett eine alte Arzttasche ohne Verschluss. Sie war geöffnet, Zeitungen, Werbeprospekte und Briefe stapelten sich darin. Der Papierstapel wurde von einer Lampe beschwert, deren Schirm fehlte. Auf dem Fußboden erkannte er Tassen, von weiß bis grün mit Schimmel in unterschiedlichen Reifegraden gefüllt, und anderen Müll. Außerdem eine offene Dose Melkfett, Parfümproben aus der Drogerie, verwachsene Wurzeln und ein getrockneter Fliegenpilz.

Gegenüber dem Bett sah er letzte Reste von einem Schrank, aus dem die Kleidungsstücke nur so herausquollen, alle elendig bunt. Und links von ihm lag eine umgekippte Flasche Bier in ihrer eigenen Pfütze. Nicht Rotwein. Der Teppich darunter war allerdings nicht so schön wie seiner, sondern abgeschürft und braungrau. Ob das seine ursprüngliche Farbe war oder der Dreck von hundert Jahren, war vom Bett aus nicht auszumachen. Aber Bier verursachte auch keine Flecken.

Voller Kummer schloss Max wieder die Augen. Er war also in der Hölle. Gestorben und in der Hölle gelandet. So schnell.

Als er sich aber rührte, fühlte er was. Prellungen. Seinen Kopf. Der Nacken schmerzte höllisch. Schmerzen?

Er lebte noch! Max schlug die Decke hoch und sah, dass er nackt war. Übersät mit blauen und grünen Flecken. Jemand musste ihn vollständig ausgezogen haben. Hergeschleppt. Aus dem Auto geholt. Er hatte einen Unfall gehabt. Er hatte Hans bestohlen, einen Ferrari geklaut, er wollte nach Mexiko und er war unheilbar krank. Würde jämmerlich sterben. Wer auch immer ihn in dieses Bett gelegt hatte, war kein Retter, sondern ein Idiot.

Wäre er nur tot!

Max versuchte aufzustehen. Seine Rippen! Es tat höllisch weh. Dennoch riss er sich hoch und stützte sich am Bettrand ab. Suchte etwas zum Anziehen, schob eine vergilbte eingerissene Gardine beiseite und sah aus dem Fenster. War der schwarz-braune Klumpen da unten etwa der Ferrari?

Emma war im Badehaus, als sie hörte, wie der Mann die Haustür zuschlug. Jetzt ging's also los. Sie stellte sich hinter die Saunatür und beobachtete ihn durch das kleine Glasfenster.

Er hatte sich einen ihrer Kittel übergezogen, den gelben mit den roten Blumen. Sie musste die Hand vor den Mund halten, um nicht laut aufzulachen. Stachlig behaarte Beine schauten unter dem Rock hervor. Er sah aus wie Rumpelstilzchen, und so hopste er auch.

Lief barfuß und schien das nicht gewohnt zu sein. Der Staub ekelte ihn, mit Storchenbeinen hüpfte er im Zickzack, als würden dadurch die Füße weniger schmutzig. Im Gegenteil, es wurde nur schlimmer: Er trat in Pfützen, rutschte in Hühnerkacke aus, schrie und fluchte. Es war zu komisch. Emma weidete sich an seinem Anblick.

Schließlich entdeckte er das, was von dem roten Auto übrig geblieben war. Nun hüpfte er noch doller, noch höher. Mit quiekender Stimme rief er:

»Ja, das ist ja, ... das ... nein! Immer ich ... warum, wo?«

Emma krümmte sich vor Vergnügen. Ihr liefen Tränen die Wangen hinunter. Der Mann in ihrem Kittel!

Er suchte im Wagen, er suchte das Geld! Als er merkte, dass alles verbrannt war, schrie er so auf, dass Emma ihren Spaß daran verlor. Sie knöpfte ihren Kittel ordentlich zu, schlüpfte in riesige grüne Gummistiefel und lief über den Hof auf ihn zu.

Sahen die Kittel an ihr auch so dämlich aus? Zum ersten Mal sah sie ihre Kleidung an einem andern: Wie eine mit Farbe bekleckerte Wurstpelle, aus der Kopf, Arme und Reste vom Bein herausbaumeln. Noch nie hatte sie sich für ihren Aufzug geschämt, nun tat sie es.

Sie stand vor ihm. Schöne braune Augen hatte er.

Er fragte: »Was ist passiert, was ist denn passiert?«

Dabei fuchtelte er mit schlaksigen dürren Armen wild in der Luft herum und heulte hemmungslos.

Seine Stimme war weich, und er schämte sich nicht für seine Tränen. Emma hatte noch nie einen Mann weinen sehen.

Gern hätte sie ihn in den Arm genommen und ihm das Geld zurückgegeben. Aber sie brauchte es doch so dringend. Also log sie, der Not gehorchend. Dass das Auto zu brennen anfing, kurz nachdem sie ihn rausgeholt hatte.

»Wieso brannte das Auto? Wieso das denn?«

Emma zog die Schultern hoch, sie wisse auch nicht wieso.

»War da nicht noch was im Auto? Auf dem Beifahrersitz?«, fragte der Mann.

»Was soll da noch gewesen sein?«

Emma scharrte mit ihren Stiefeln im Dreck.

»Irgendwas halt.«

Er sagte nicht Geld. Nicht Plastiktüte. Also hatte er es gestohlen, er war ein Dieb. Gut so. Das hieß, er würde nicht fortgehen, er würde sich verstecken müssen. Auf ihrem Hof. Sie musste es nur geschickt anstellen. Dann blieb er.

»Es hat in Strömen geregnet, als ich Sie da rausgeholt habe. Als ich Sie ins Haus brachte, da brannte es plötzlich, von ganz allein.«

Sein Blick flammte auf:

»Es regnete und brannte gleichzeitig?«

Emma zog ihre Schulter hoch.

Der Mann sackte auf den Holzklotz, auf dem die Hühner geköpft wurden. Saß in dem getrockneten Hühnerblut. Ach wie gut, dass er nicht wusste ... das würde ihn so schocken, dass er wieder anfangen würde zu heulen. Allmählich gewann Emma ihre Sicherheit zurück. Er konnte sich ruhig mal bedanken, schoss es ihr durch den Kopf. Schließlich hatte sie ihn gerettet gestern Nacht.

»Haben Sie irgendwo Schmerzen?«, fragte sie.

Er schüttelte den Kopf.

»Wollen Sie, dass ich Sie zu einem Arzt bringe oder einen herhole?«

Wieder schüttelte er nur den Kopf.

»Möchten Sie sich entspannen? Ich habe eine Sauna, es ist angeheizt. Dort liegt auch Männerkleidung für Sie. Wollen Sie die anziehen?«

Er nickte, rührte sich aber nicht.

»Kommen Sie, ich zeig's Ihnen.«

Sie ging voraus, er folgte teilnahmslos.

Emma hatte ihr Bestes getan. Hatte ihm Eier gebraten, mit Speck. Frische Milch auf den Küchentisch gestellt, daneben duftendes Brot und Kaffee. Die Himbeermarmelade stammte von Früchten aus ihrem Garten.

Der Mann kam in Kleidern ihres verstorbenen Vaters in die

Küche, setzte sich stocksteif an den Tisch, rührte aber nichts an.

»So, greifen Sie zu!«

Er schüttelte den Kopf.

Emma betrachtete Max in der olivfarbenen Arbeitskleidung und hatte ihren Vater vor Augen. Der hatte sogar noch eine Schirmmütze in dieser Farbe getragen. Dieses männliche Gegenstück zum Kittel hatte der fahrende Händler Flachsmeier gebracht. Alle Bauern in dieser Gegend trugen dessen grüne billige Baumwolle, wie Uniformen.

»Wie war die Sauna, warm genug?«

Wieder schüttelte er nur den Kopf.

Wenn niemand es sehen konnte, weder Frau noch Großvater, war der Vater fast zärtlich geworden. Dann hatte er ihr mit seiner Hand durch die Haare gestrichen. Selten genug, aber er hatte es getan. Es waren ihre besten Momente gewesen. Nun saß da ein Mann in der Kleidung ihres Vaters am Küchentisch, ein Mann, dessen nackten Körper sie schon kannte.

»Sie waren doch drin, in der Sauna?«

Er schwieg.

»Nicht? Schade. Ihre Wunden sind nicht so schlimm, dass es nicht ginge. Im Gegenteil, es würde Ihren Prellungen gut tun.«

Er saß da, als wäre er aus Stein. Starrte vor sich hin. Dann guckte er Richtung Herd, dann Richtung Speisekammer, auf den Tisch, dann auf den Fußboden.

»Passen die Sachen? Sind sie bequem?«

Er murmelte was von Mao. Emma wusste nicht, was er damit meinte. Meinte er Maoam? Das machte doch keinen Sinn. Sie wurde nervös. Was hatte er denn?

Max hockte vorn auf der Stuhlkante, die Hände in seinem Schoß, die Beine zusammengepresst, die Schultern nach unten gedrückt, als sei die Küche zu klein für ihn.

Emma aß, wischte die mit Marmelade beschmierten Finger an ihrem Kittel ab, streichelte zwischendurch die Katze, biss wieder ins Brot und tauchte dabei ihre Finger, mit denen sie gerade das Tier gekrault hatte, in die Marmelade, um die Finger genüsslich abzulecken. Max schauderte.

»Vielleicht sollten wir doch den Arzt holen, Sie zittern ja.«

»Bitte, keinen Arzt. Keinen Menschen, ich will nicht ...«

Er sprach den Satz nicht zu Ende.

... erwischt werden, dachte Emma. Er ist ja auf der Flucht, der Dieb. Jetzt wird er hier bleiben müssen. Herrlich. So schöne Augen.

»Keinen Hunger? Kaffee?«, flötete Emma, im Versuch, diesem Mann endlich zu gefallen. Himmel, wieso freute er sich nicht? Er hatte doch alles: Frühstück, Kleidung, sein Leben sogar! Das alles hatte er ihr zu verdanken, und der Kerl freute sich nicht.

Emma deutete mit der Kaffeekanne in seine Richtung. Aber er reagierte nicht. Hockte da wie in einem Käfig, und fragte schließlich zaghaft: »Wer hat all die Sachen hier ... gelassen?«

»Welche Sachen?«

»Den Müll.«

Emma schaute sich in ihrer Küche um. Sie sah keinen Müll.

»Ist hier Müll?«, fragte sie unbeschwert.

Seine Augen wanderten durch den Raum, den sie Küche nannte. Alles das, was normalerweise im Schrank verstaut ist, stand draußen. Alles war offen statt verschlossen. Alles lag herum. War gekippt, floss aus, trocknete fest, krümelte, tropfte, klebte, stank, schimmelte oder verfaulte. Wie lange hatte sie gebraucht, das alles anzurichten? Nicht Wochen oder Monate. Es mussten Jahre sein, ihr Leben hatte sie gebraucht, um das hier anzurichten. Er schätzte sie auf dreißig, vielleicht etwas älter. So lange also.

Was für eine Seele war das, die darunter nicht litt. Die hier aß, statt zu erbrechen? Fragend schaute er sie an.

Emma wurde es unbehaglich, sie stand vom Tisch auf.

»Na ja, wenn's nicht schmeckt. Ich kann's nicht ändern«, sagte sie und ging hinaus auf den Hof.

Max erkannte jetzt das Bild wieder. Dieselbe Küche, dieselbe Frau wie die, die eben aus der Tür ging, hatte er schon mal gesehen. Der Unfall war kein Zufall. Seine Seele hatte von Beginn an gewusst, wo sie enden würde. Hier. Bei dieser Verdreckten. Daher also seine Albträume, seine Furcht vor Schmutz. Es war nichts anderes als Angst vor dem Tod. Wenn das Chaos regierte, würde der Tod kommen und ihn holen.

Sie hatte ihn gestern gerettet, ach Gott, und nackt ausgezogen! Sie hatte alles an ihm gesehen. Wie hatte sie ihn hoch ins Bett gebracht? Getragen? Wie sollte sie das allein geschafft haben? Es musste auch einen Mann hier geben.

Max schaute durchs Fenster, Emma nach, die hinter einem Huhn herjagte. Sie gackerte wie das Tier, ahmte seinen Gang nach.

Dann stattete sie dem Hund in seiner Hütte einen Besuch ab. Krabbelte auf allen vieren auf ihn zu, bellte mit ihm, raufte sich mit ihm. Und schließlich gab sie einem Schwein, das zu ihr trottete, einen Kuss, genau auf seine dreckige nasse Schnauze.

Jetzt drehte sie sich um zu Max, der hinter dem Küchenfenster saß und zu ihr herüberstarrte. Sie wusste, er hatte sie beobachtet. Und Emma lachte und lachte ihm ins Gesicht.

Henner packte sein Leberwurstbrot aus, obwohl Emma auf ihrem Mofa auf sich warten ließ. Was war los? Weshalb fuhr sie heute nicht? Hatte die drohende Zwangsversteigerung ihr den Spaß daran verdorben? Die Lösung kam prompt, als der Hauptbrandmeister Karl im riesigen roten Kranwagen vorfuhr und in der winzigen Polizeiwache erschien.

Karl war ein stattlicher Mann, sah aus wie Kaiser Wilhelm ohne Bart, aber mit Glatze und Bauch. Er selbst würde sagen, dass das, was da vorn eine Handbreit unter seiner Brust wuchs, Muskeln seien.

Bei Emma auf dem Hof habe es einen Unfall gegeben, ein Auto sei ausgebrannt, das Wrack müsse untersucht und geborgen werden.

Henner war überrascht. Er zog sich die Uniformjacke an, setzte seine Polizeimütze auf und fragte im Hinausgehen:

»Woher weißt du das denn? Ich weiß von nichts.«

»Wie immer.«

»Ist Emma was passiert?«

»Nö.«

»Wie kommt denn ein brennendes Auto auf ihren Hof?«

»Von der Bundesstraße die Böschung runter. Der Förster hat's gesehen, heute sehr früh. Sind ein paar kleine Bäume hinüber.«

»Und Emma ist wirklich nichts passiert?«

Da runzelte Karl die Stirn, schaute Henner streng an und sagte:

»Nimm sie endlich zu dir, du Blödmann.«

»Du hast leicht reden«, jammerte Henner.

Der Grund seines Jammers qualmte auf der Rückbank seines Wagens und wartete darauf, dass er abfuhr.

Henner setzte sich ins Polizeiauto. Karl fuhr im Feuerwehrkran hinterher. Überflüssigerweise schaltete Henner seine Sirene ein, und weil Karl sich nicht lumpen lassen wollte, ließ auch er alle blauen Lichter leuchten und seine Hörner heulen. Wie kleine Jungs fuhren sie voller Stolz mit diesem Tamtam durchs Dorf.

Endlich war mal was los! Alle kamen neugierig auf die Straße gelaufen, die Kinder jubelten und Henners Mutti winkte selig vom Rücksitz, grüßte das Volk wie eine Königin.

Einige Kilometer entfernt suchte Hans zur selben Zeit die Straße ab. Er war noch in der Nacht zu der Überzeugung gekommen, Max müsse einen Unfall gehabt haben. Die Sorgen um Max, aber auch um das Geld und den Ferrari ließen ihn nicht schlafen. In der ersten Morgendämmerung begann er mit der Suche. Von der Stelle, an der er Max' Wagen zuletzt gesehen hatte, prüfte er jedes Stück Asphalt, aber fand weder Bremsspuren noch Teile eines Autowracks – nichts. Wenn Henner und Karl nicht ihr Tatütata hätten ertönen lassen, hätte er Max nie gefunden. So aber fuhr Hans dem Signal nach. Stoppte, horchte wieder und fand endlich die frisch abgebrochenen Äste oberhalb der Böschung von Emmas Hof. Unterhalb verstummten die Martinshörner.

Hans kletterte ein Stück hinunter, bis er die Einsatzwagen

auch sehen konnte, die auf den Hof gefahren waren ...
und entdeckte den ausgebrannten Metallhaufen. Er
schämte sich, dass er zuerst den hundertprozentigen Verlust des Ferrari notierte und erst danach an das Leben seines Freundes dachte. Nein, Max kann nicht sterben, er war
viel zu jung dafür. So jung wie er selbst immerhin. Hans
wusste, er würde noch lange nicht sterben. Hatte gar keine
Zeit dafür, und der Erfolg wartete ja auch noch.

Hans verbarg sich hinter dem Stamm einer alten Eiche. Wo
war der Dreckskerl, der war doch nicht tot?! Umbringen
würde er ihn vor Wut, aber tot war der nicht. Der Max?
Der doch nicht.

Wieso war der Wagen ausgebrannt? Das passierte doch
nur in schlechten Filmen, dass ein Auto brennt. Nur wenn
es abstürzt. Dazu noch bei dem Regen gestern Nacht. Da
stimmte was nicht!

Er beobachtete, was da unten vor sich ging: Ein kleiner
Polizist stieg aus, eine alte rauchende Dame wollte folgen,
wurde aber ins Auto zurückverbannt. Ein stämmiger Feu-
erwehrmann kam hinzu. Und eine Bauersfrau.

Max hatte, von allen unbemerkt, weiter oben am Bachlauf gehockt und seine Schuhe im Wasser gereinigt. Als
die Autos kamen, ergriff er die Flucht. Verbarg sich auf
der zur Sauna gehörigen Veranda, was einzig Emma bemerkte. Das war der endgültige Beweis, dass Max irgendwie in Schwierigkeiten steckte, auf jeden Fall die Polizei
mied.

»Na warte nur, Bursche«, lachte sie und ging auf Henner
und Karl zu, die gleichzeitig aus ihren Wagen stiegen. Jetzt
würde sie sich rächen dafür, dass er ihre Küche einen
Müllhaufen genannt hatte.

»Hallo, lieber Henner, einen wunderschönen guten Tag, Karl.«

Henner kratzte sich am Kopf. Was war das denn jetzt?

Emmas Stimme klang wie eine Panflöte:

»Guten Tag, Mutter Schulze. Was macht die Galle?«

Karl warf Henner einen fragenden Blick zu: Was hat sie?

Henner zog nur die Schultern hoch. Er hatte mal wieder keine Ahnung. Und als Henner und Karl sich nach dem Hergang des Unfalls erkundigten, ging Emma seltsamerweise rückwärts, immer näher an das Badehaus heran. Lockte die Männer hinter sich her.

Hatte sie in der Nacht jemanden gesehen? Wann war das Auto von der Böschung gefallen? Wie war es in Brand geraten? Doch Emma hatte nichts gehört und nichts gesehen. Der Fahrer? Nein, hier war niemand.

Dankbar und erleichtert hörte Max, wie sie ihn schützte. Aber sie kam immer näher, bald würden die beiden Männer ihn sehen können, da auf der Veranda. Wieso tat sie das?

Max sah sich gezwungen, die Holztür zur heißen Sauna aufzustoßen und sich dahinter zu verbergen. Noch stand sie offen. Die drei aber kamen noch näher. Max saß in der Falle. Jetzt blieb ihm nichts anderes übrig: Er musste rein in diese Hitze und die Tür hinter sich schließen.

Emma hörte es und lachte schadenfroh in sich hinein. Sie blieb mit den beiden uniformierten Männern jetzt direkt vor dem Badehaus stehen. Erzählte dies und wusste jenes.

Drinnen zog Max sich die Kleider vom Leib. Erst das Hemd, dann Hose und Stiefel. Um ihn herum war alles voller Dampf. Vor Angst schwitzte und zitterte er zugleich.

Emma ließ ihn schmoren, legte gemeinsam mit Henner gar Holzscheite nach.

Währenddessen untersuchte Karl das verkohlte Wrack, fand aber keine Leiche. Der Fahrer war spurlos verschwunden. Er schnüffelte an dem ausgebrannten Auto, begutachtete den Lack auf dem Dach, an der Unterseite, im Motorraum. Und winkte Henner zu sich.

»Hör mal, das Dach ist abgebrannt und voller Rost, nach unten hin gibt es aber intakte Lackflächen. Das ganze Ding stinkt nach Benzin, der Brand ging nicht vom Motorraum aus.«

Henner schlussfolgerte: »Fremdeinwirkung.«

Karl nickte: »Ganz sicher.«

»Warum hat der Fahrer das Auto angesteckt, nach dem Unfall?«

»Oder Emma«, sagte Karl.

»Emma soll ...? Wozu denn?«

Karl zuckte mit den Schultern.

Henner gab den Wagen zur Bergung frei.

Hans stand zu weit entfernt. Lauschte, verborgen hinter einer Eiche, aber hörte nichts. Doch folgerte er: Hätten sie einen toten Fahrer gefunden, wäre die Kripo aus der Stadt geholt worden. Max lebte also, Gott sei Dank! Und das Geld? Wieso hatte er das Auto in Brand gesetzt? Er hatte das Geld noch. Der Kran brauchte ewig, um die Reste des wunderbaren Ferrari aufzuladen. Hans brach es das Herz. Wehe, er bekam Max zu packen!

Der lag inzwischen auf dem Fußboden der heißen Sauna und schnappte durch die Türritze nach Luft.

Karl und Henner öffneten ihre Fahrzeugtüren, wollten los. Max schöpfte Hoffnung, denn er fühlte sich schon fast gar gekocht. Da fragte Emma, ob die beiden Männer noch einen Tee trinken wollten!

Tee?, durchfuhr es Max.

Tee?, fragten sich Henner und Karl. Noch nie hatte Emma
Tee gekocht, geschweige denn getrunken.

Nur Henners Mutter rührte sich auf der Rückbank des
Polizeiwagens, wollte raus und rief:

»Tee? Ich will Tee.«

Henner war in großer Sorge um Emma. Tee!? Sie brauchte
Ruhe, aber ganz dringend. Sonst würde sie durchdrehen.

»Nichts da«, schalt Henner, »du kriegst keinen Tee.« Und
drückte Mutti entschlossen auf den Rücksitz.

»Ich will aber Tee.«

»Schluss jetzt.«

Karl nickte anerkennend.

Henner setzte sich ins Auto und fuhr los, Karl mitsamt
dem Kranwagen hinterher.

Hans beobachtete plötzlich, wie ein dampfendes Etwas
blitzartig aus dem Badehaus Richtung Bach rannte. Ein
splitternacktes rotes, das mit einem Satz ins Wasser sprang
und schrie. Beim Eintauchen zischte es. Vor Vergnügen begann Emma zu tanzen, sie rollte sich auf der Erde und
jauchzte. Der Hund kam bellend angelaufen, Hühner flatterten auf.

Hans erkannte Max. Er war also hier! Was bedeutete das
alles? Hans konnte sich keinen Reim darauf machen. Er
wollte ihn sich in der Nacht vornehmen. Hans kletterte
schnell den Abhang wieder hoch. Max in einer Sauna? In
einem dreckigen Bach? Max, der seinen Freund beklaute
und einen Ferrari zu Schrott fuhr? Hans hatte geglaubt,
Max gut zu kennen. Aber er hatte sich wohl geirrt.

Max war inzwischen abgekühlt. Er hockte in einem Bach,
dessen Wasser direkt aus einer Quelle oben im Wald kam.
Es war sehr sauber, aber auch sehr kalt. Er war nackt und

wagte sich nicht raus, denn Emma stand grinsend da und guckte ihm zu. Er lächelte. Und er war endlich freundlicher zu ihr. Die Sauna hatte also doch gewirkt.

»Ich heiße übrigens Max.«

»Und ich bin Emma.«

»Angenehm«, sagte Max.

»Bitte bitte«, sagte Emma. »Und ebenso.«

»Danke, dass du mich nicht verraten hast.«

»Steckst wohl in Schwierigkeiten?«

»Etwas, ja.«

»Macht nichts.«

»Danke.«

»Bitte.«

»Schöne Sauna. Doch.«

»Nicht wahr? Und so gesund.«

»Ach, ja?«

Max' Haut war in der Sauna rot geworden, nun wechselte sie recht zügig ins Blaue. Max begann zu schlottern, seine Zähne klapperten. Endlich ließ Emma ihn in Frieden und ging zurück ins Haus. Unterwegs begegnete ihr der Hahn. Er kam ihr sehr verstört vor seit letzter Nacht. Seine Formel *Keine besonderen Vorkommnisse* taugte heute nicht viel.

»Melde gehorsamst: Auto, Unfall, fremder Mann, es hat gebrannt. Tak ta?«

Der Hahn war aus seinem Trott geraten. Emma beugte sich zu ihm und streichelte seinen Kamm.

»Keine Bange, der Mann kann nicht krähen.«

»Es war immer gut ohne ihn. Mit ihm ist es nicht gut«, klagte der Hahn.

Emma lächelte: »Doch, es wird gut mit ihm.«

»Menschen sind schlecht!«

»Er nicht.«

Sie ließ ihn stehen und ging zurück ins Haus. Vor Eifersucht schwoll der Kamm des Hahnes dick an.

Max stieg aus dem Wasser und lief durch die warme Luft zurück ins Badehaus, wo er Leinentücher vorfand, bettlakengroß. Er wickelte sich hinein und legte sich in die Hängematte auf der Veranda. Fast wie auf seiner Insel in Mexiko.

Ein herrliches Gefühl. Erst so heiß, dann so kalt und nun so warm. Einfach gut. Er könnte sich daran gewöhnen. Die Sonne schien, der Himmel war blau, eine Lerche sang. Plötzlich waren seine Sorgen unendlich fern. Die Zeit war stehen geblieben, seine Gedanken schweiften weder in die Vergangenheit noch in die dunkle Zukunft, sondern blieben da, wo sie gerade waren. Er hatte den Moment entdeckt, erlebte zum ersten Mal die Gegenwart.

Emmas Geburt war eine Katastrophe für den Schweine-Hof gewesen. Ihre Mutter hatte Jahre warten müssen, bevor sie endlich schwanger wurde. Ihr Unterleib war marode, und sie durfte nur ein einziges Kind bekommen: Es wurde ein Mädchen. Das bedeutete den Verlust des Familiennamens, den Untergang des Hofes. Mit Emma war das Ende erreicht.

Der Großvater gab seinem Sohn die Schuld. Der versagte in allem, der kriegte nicht mal einen ordentlichen Erben hin.

Emma aber gedieh prächtig, war hungrig, gesund und neugierig. Insgeheim war der Vater stolz auf seine Tochter.

Das Mädchen ging ihm zur Hand, wo es nur konnte. Sie schnitt sich die Haare kurz, lief immer dreckig herum, trug nur Hosen, kletterte höher in Bäume hinauf als alle Jungs, die sie kannte. Nie spielte sie mit Puppen, schon mit sieben Jahren konnte sie Traktor fahren und sie arbeitete wie ein Pferd. Trotzdem sagte der Vater regelmäßig voller Verbitterung: »Ach, wenn du doch ein Junge wärst!«

Der Satz zerstörte in Emma jede Hoffnung. Alles hatte sie getan, damit er stolz auf sie sein konnte. Aber ihr Geschlecht konnte sie nun mal nicht ändern. Als Emma Brüste wuchsen, redete ihr Vater nicht mehr mit ihr.

Der Großvater behandelte sie auf zwei verschiedene Arten: Auf der einen Seite verachtete er sie, auf der andern richtete er sie dennoch ab wie einen Enkelsohn.

Jedes Frühjahr demonstrierte er Emma, in welcher Gefahr sie schwebte, wenn sie sich weibisch gab. Wenn sie um Hilfe schrie, ihren Flaum zeigte. Wenn sie nicht hier arbeitete wie all die andern: füttern und schlachten. Auf ewig sollte ins Hirn seiner Enkelin eingebrannt sein, wo der Hammer hing, was ihr Sinn des Lebens war. Das tat er mit Spatzen.

Sobald es warm zu werden begann, beobachtete er, wie die angeblich nutzlosen Vögel ihre Nester in die Regenrinnen bauten und so den Abfluss störten. Er hätte die Nester gleich ohne großes Aufsehen wegräumen können. Aber dem Großvater kam es nicht auf intakte Regenrohre an, er hatte vor, Emma eine Lektion zu erteilen.

Die beobachtete begeistert, wie die Spatzeneltern Hochzeit feierten, sich liebten und die Mamas stolz ihre Eier legten. Der Großvater hatte nur Spott übrig für das Getue der Spatzenväter, die fürsorglich ihre Weibchen fütterten, damit sie in Ruhe brüten konnten.

Auch jetzt noch hätte der Großvater die Chance gehabt, die Spatzennester ohne großen Schaden fortzuräumen, wo sie doch die Regenrinne verstopften. Aber er wartete.

Wartete, bis alle kleinen Spatzen geschlüpft waren und hungrig nach Futter piepten. In dieser Zeit waren die Spatzeneltern besonders bemüht um ihre Kleinen. Es war ein Nehmen und Geben, ein Kümmern und Sorgen, das dem Großvater übel aufstieß. Diese Idylle kam ihm gerade recht.

Mit tiefer Stimme befahl er:

»Emma, komm her.«

Das Kind fürchtete sich vor ihm. Wollte er sie wieder verprügeln? Was hatte er vor?

»Großvater, ich will nicht«, jammerte die Kleine.

Seine Stimme klang, als dressiere er einen Hund:

»Komm her, sag ich.«

Emma blieb nichts anderes übrig, als zu gehorchen. Sie sah, dass ihr Vater sich mit banger Miene hinter einer Stalltür verbarg.

Der Großvater stellte eine Leiter ans Haus und Emma musste sie festhalten. Der Alte stieg hoch. Das Kind spürte, in welcher Gefahr die Spatzen waren, flehte: »Sie haben doch gar nichts getan, sie sind doch noch klein.«

Aber der Alte griff schon mit seinen riesigen Pranken ins Nest, packte alle frisch geschlüpften jungen Spatzen und kletterte damit die Leiter wieder hinunter. Die Vogeleltern schrien laut um das Leben ihrer Kinder.

Der Großvater hielt seine Faust unter Emmas Gesicht und öffnete die Hand. Winzige Vögel saßen darin, die Haut kahl und so dünn, dass die Organe durchschimmerten. Breite gelbe Schnäbel hatten sie.

»Jetzt hör mir gut zu«, sagte der Großvater. »Die hier fres-

sen weg, was ich mit meiner Hände Arbeit mühsam gesät
und geerntet habe. Die säen nicht und ernten doch!«

Als kleines Kind hatte Emma noch gejammert und gebettelt, die Kleinen zu verschonen. Als Schulkind hatte sie es
mit Erklärungen und Argumenten versucht. Vergebens.
Später schwieg sie nur noch. Biss die Zähne zusammen
und sah weg.

»Du!«

Der Großvater stieß ihr grob in die Rippen. Das grausame
Ritual wiederholte sich jedes Frühjahr, mit den jammernden Spatzen in der Hand.

»Wer auf diesem Hof lebt und essen will, der soll auch
arbeiten. Schreib dir das hinter die Ohren. Wer das nicht
tut ...«

Seine Stimme wurde drohend, der Rest seines Satzes
wurde zur Tat. Er holte aus, gab seiner Pranke einen kräftigen Schwung und warf die jungen Spatzen an die Hauswand, so dass sie zerschmetterten. Emmas Körper zuckte.
Der Großvater aber genoss die Erschütterung, die er bei
dem Kind verursacht hatte. Und wollte natürlich auch seinen erwachsenen Sohn treffen, der sich hinter der Tür auf
den Handrücken biss. Er hatte einst dasselbe erlitten als
kleiner Junge, und er war nicht im Stande, nun seine
Tochter davor zu bewahren.

Noch Tage später lachte der Großvater böse und gehässig
in sich hinein, wenn er sich das entsetzte Gesicht der kleinen Emma oder das seines kauernden Sohnes vergegenwärtigte. Der Großvater hatte eine tiefe Lust an Gewalt.

In Tränen aufgelöst betrachtete Emma die zerrissenen
Vogelleichen. Sie würde sie nicht mehr zusammensetzen
oder lebendig machen können. Ihre Gesichtszüge verhärteten sich danach für Tage, manchmal gar Wochen. Nachts

ergriff sie panische Angst, sie schrie laut auf und weinte, irrte in Panik durchs Haus und konnte sich am nächsten Morgen an nichts erinnern. So war es immer, wenn der Frühling kam. Emma wusste jetzt, wo der Hammer hing.

Der despotische Großvater starb sehr friedlich, gegen jede Gerechtigkeit. Schlief einfach ein, ohne Schmerzen, ohne je krank gewesen zu sein, im gesegneten Alter von fünfundachtzig Jahren. Emmas Vater dagegen kam bei einem Motorradunfall ums Leben. Er hatte es sich ausgeliehen, wollte mal mehr PS spüren, als seine kleine Zündapp hergab. Und er hatte getrunken.

Der Vater wurde aus der Kurve getragen und zerschmetterte im Nachbarort an einer roten Kirchenmauer. Sein rechtes Bein wurde ihm dabei aus dem Leib gerissen, die Augen zerplatzten und ein Stück Gehirn floss auf die Straße. Emma sagte immer, er sei gestorben wie ein Spatz.

Nur zwei Wochen später fiel Emmas Mutter in der Küche tot um. Woran sie gelitten hatte, wusste nicht mal der Arzt zu sagen. Woran jemand starb, interessierte in Emmas Gegend niemanden.

Emma war damals siebzehn Jahre alt und hatte noch immer nicht ihre Tage. Ausgerechnet bei der Beerdigung ihrer Mutter ging es damit los. Ihren ersten Eisprung hatte sie also zwei Wochen davor gehabt, genau an dem Tag, als ihr Vater gegen die Kirchenmauer knallte. Immer wenn sie ihre Regel hatte, wurde sie an den Tod ihrer Eltern erinnert. Das ließ sich nicht mehr ändern.

Emma blieb allein auf dem Hof zurück. Sie züchtete mit ganzer Kraft Schweine und schlachtete sie selbst. Wer essen will, muss auch arbeiten.

Arbeit gab es zur Genüge. Es war schon lange nicht mehr der Großvater, der ihr das sagen musste. Emma war an den Hof gebunden – ganz ohne Ketten.

Deshalb stand sie auch jetzt in ihrer Schlachtkammer, betrachtete die gesäuberten Geräte und geschärften Messer, die in Reih und Glied bereitlagen und auf ihren Einsatz warteten; sie hatte alles sorgfältig für den Schlachttag vorbereitet. Die Gewürze waren frisch gemahlen, der Fleischwolf und die Wurstmaschine gesäubert und montiert.

Die Werkzeuge und gusseisernen Geräte waren seit Generationen in Familienbesitz. Die Messer stammten zum Teil noch von ihrem Urgroßvater. Die Wurstmaschine hatte ihr Großvater gekauft, den Fleischwolf mit elektrischem Motor der Vater.

Vier Mal im Jahr kam der alte Flachsmeier und schliff die Messer. Er war es auch, der die Kittel ins Haus brachte, mit seiner Ape, eine Art Moped auf drei Rädern mit Blech drumrum und einer Ladefläche hinten. Ein Zweitakter, den er aus Italien mitgebracht hatte. Kaum zu glauben, aber Flachsmeier war mal dort gewesen, als er jung war. Unentwegt reparierte er an seiner Ape herum; das ist italienisch und heißt Biene.

Als Emma geboren wurde, hatte er damit die Stoffwindeln ins Haus geliefert. Und er kam noch immer, mit Kernseife, Bürsten, Schnürsenkel, Stiefel, Fliegenfänger, Melkfett, Gewehrpatronen, grober Unterwäsche und eben Kittelschürzen.

Flachsmeier war der letzte fahrende Händler, und sein Beruf war so altmodisch wie sein Gemüt. In Emmas Gegend war alles älter als anderswo. Irgendwann stehen geblieben oder langsamer gelaufen. Das neue Millennium war angebrochen, ohne dass es im Leben von Emma, dem Kartoffelbauern, von Henner oder Flachsmeier etwas verändert hätte. Henner hatte ein Polizeiauto, mit dem kein anderer Polizist mehr herumfuhr. Der Kartoffelbauer klaubte seine Früchte noch wie früher mit bloßen Händen von der Erde, Flachsmeier hatte seine Biene mit drei Reifen, und Emma schnitt ihren Schweinen wie seit Jahrtausenden die Kehle durch und machte sie zu Wurst.

Heute aber blickte Emma lustlos auf ihre Geräte und entschied, das blutige Geschäft auf den nächsten Tag zu verschieben. Es war fast Mittag, heute war schon zu viel passiert, sie hatte genug. Ihr war ganz und gar nicht nach Schlachten zu Mute. Sie ging hinaus und lehnte sich an die Tür. Schaute hinüber zum Badehaus, wo der fremde Mann lag und döste. Jetzt gefiel es ihm vielleicht hier, in der Hängematte. Emma gefiel es, wenn es ihm gefiel. Dann würde er bleiben. Sie wollte so sehr, dass er blieb.

Sie fühlte einen unangenehmen Druck auf den Augenlidern. Weshalb war ihr Hals so zugeschnürt? Weshalb drückten die Schläfen so oft auf beiden Seiten? Weshalb war ihr keine Arbeit zu viel? Wieso konnte sie erst einschlafen, wenn die Schinderei vierzehn Stunden dauerte und der Körper sich so wund anfühlte, als sei sie geschlagen worden?

Wieso tat sie, was sie tat? Wieso ging sie hier nicht weg und tat etwas anderes? Sie war hier und tat, was zu tun war. Allein und jeden Tag, ohne Urlaub. Sie fuhr nicht mal in die Stadt. Wieso? Sie hatte ein Mofa. Ein Haus. Kittel. Schweine.

Ein Glück, dass es die Schweine gab.

Voller Sehnsucht und neuer Träume ging Emma hoch auf

den Strohboden. Nicht in ihre Schlafecke, sondern weiter nach hinten. Dort hob sie eine schwere Luke an, die sich im Boden befand. Unmittelbar darunter lag der Stall der alten Sau, die schon lange nicht mehr trächtig wurde. Emma hätte sie schon längst schlachten müssen, aber ausgerechnet bei der Alten hier brachte sie es nicht übers Herz.

Durch die Luke warf sie einen Strohballen hinunter in den Stall. Dann setzte sie sich an den Rand der Öffnung, ließ die Beine nach unten baumeln und sprang dem Ballen hinterher, in den Verschlag der Sau. Sie holte ihr Taschenmesser aus der Kitteltasche, schnitt den Ballen auf und verteilte das Stroh. Der alten Sau gefiel das sehr. Sie drückte ihre feuchte Steckdosen-Schnauze darauf, wühlte es auf, schnupperte und wälzte sich schließlich mit ihrem riesigen fetten Körper behaglich darin herum.

Emma tat es ihr nach: wühlte, schnupperte und wälzte sich. Legte sich zu der Sau ins Stroh, drückte sich ganz dicht an ihren Körper, der viel größer war als Emmas und vier- bis fünfmal so schwer.

Schweinehaut gleicht der Menschenhaut. Auch die Organe sind einander ähnlich, sitzen bei der Sau wie beim Menschen fast an derselben Stelle. Kein anderes Tier ist dem Menschen so ähnlich wie das Schwein.

Emma schob sich noch näher an das Tier, um den Druck zu verstärken. Beiden behagte es sehr. Tiere entziehen sich einer leichten Berührung, ein kräftiges Klopfen auf den Rücken oder an die Flanke, ein festes Drücken dagegen beruhigt sie.

Dort, im frischen Stroh und bei der fetten Sau, konnte sich Emma entspannen. Hier kümmerte sie weder die drohende Zwangsversteigerung, Henners Mutter, noch die Dollarnoten. Eben noch hatte sie befürchtet, der Mann würde wieder fortgehen. Hier im Stall aber hatte sie die Hoffnung, dass er bliebe. Für immer.

Max war in der Hängematte eingeschlafen. Als er wach wurde, suchte er seine Kleidung zusammen, die immer noch in der inzwischen ausgekühlten Sauna lag.

Er sah sich das Badehaus jetzt etwas genauer an und bestaunte die Schnitzarbeiten über den Fensterrahmen. Runde gleichmäßige Verzierungen, die an Löwenzahnblätter und an Margeritenblüten erinnerten. Die Schnitzereien waren gelb, rot und rosa bemalt, die Fensterrahmen selbst grün. Dieses Haus sah aus, als habe es sich verirrt. Als sei es von Russland aus auf Wanderschaft gegangen und hier hängen geblieben. Max musste grinsen, als er daran dachte, dass auch er hier hängen geblieben war; er gehörte nicht hierher, ganz und gar nicht.

Das Badehaus war wunderschön und der Garten eine Pracht. Weshalb aber, fragte sich Max, herrschte im Haus ein solches Chaos? Weshalb standen die Ställe offen, weshalb liefen die kackenden Hühner frei herum? Wieso begrenzte niemand den Misthaufen? Ihn schauderte. Er sah, wie die Schweine im Schatten unter der Buche im Dreck dösten. Zum Glück war um die Wiese ein Zaun errichtet worden, sonst wäre er vor Angst sofort weggelaufen. Diese Schweine waren viel größer, als er sie sich je vorgestellt hatte. Er hatte allerdings noch nie in seinem Leben eines gesehen, er kannte sie nur als Kotelett, fertig abgepackt und platt geklopft.

Max aß auch Eier, gern sogar. Aber er hatte noch nie

beobachtet, wie ein Huhn eines legte. Emmas Hühner waren braun. Sie scharrten und pickten und kackten. Wenn eines sich bis zum Badehaus wagte, er würde es verscheuchen. Das war jetzt sein Terrain.

Max blickte suchend um sich, aber Emma war nirgends zu sehen oder zu hören. Leise öffnete er die Tür zur großen Scheune. Kühl und dunkel war es darin. Durch die verstaubten Fenster fielen bündelweise Sonnenstrahlen. Unendlich viele Staubkörnchen tanzten in diesem Licht, glitzerten wie winzige Diamanten, in Luft gefasst.

Eine Egge stand da und ein Pflug. Ein Wagen, ein kleiner Traktor. Säcke. Pflanzengift. Ein Stockwerk höher, über den Ställen, lag das Stroh. Eine Leiter stand bereit.

Unter dem Dach sah Max einen großen Greifarm aus Stahl. Elektrische Leitungen führten dorthin und von da hinunter ans Tor. Dicke Drahtseile spannten sich weit in Richtung Strohboden. Max betrachtete all das, wusste aber nicht, wozu es da war.

Das Stroh war sauber, vermutete er. Die Mäuse bemerkte er nicht, die ihre braunen Augen neugierig auf ihn richteten. Auch eine Eule gab es und unterm Dach hingen Fledermäuse. Max sah zwar die fein gesponnenen Spinnennetze, aber ahnte zum Glück nicht, wie widerlich fett die Spinnen waren, die in ihren Verstecken kauerten. Auch die Ratte hätte ihn entsetzt, die hinter den Saatkartoffeln hauste; es war eine Albinoratte, die selbst Emma erst einmal zu Gesicht bekommen hatte.

Max kletterte die Strohballen hoch und rutschte die Heuballen runter. Es duftete wunderbar, ein wenig wie das Badesalz bei ihm zu Hause.

Natürlich stand Emmas Luke zum Stall noch offen, sie konnte ja nicht ahnen ..., und sie war auch nicht gewohnt, dass jemand hier war und im Stroh herumspazierte. Max war stolz darauf, sich so weit vorgewagt zu haben, er war stolz darauf, dass ihm der Staub nur wenig ausmachte.

Jetzt stand er unmittelbar vor der offenen Luke, sein Gesicht war von einem Dachbalken verdeckt, der einen anderen abstützte. Die dicke Eule, die darauf geschlafen hatte, war durch die Bewegungen des Eindringlings wach geworden. Harmlos machte sie: »Uuhh.«

Max erstarrte. Das Tier saß direkt vor ihm, zwanzig Zentimeter vor seinem Gesicht. Der Schock traf ihn wie ein Schlag in den Magen.

Er schrie laut auf.

Davon wurden die Fledermäuse wach. Sie flogen kurz auf und tauschten ihre Plätze. Aber das klang bedrohlich. Wieder schrie Max, fing vor Schreck an zu schwanken und verlor den Boden unter den Füßen, fiel durch die Luke in den Stall, genau auf den Rücken der alten Sau. Die quiekte vor Schmerz und Entsetzen, und genauso quiekte Max, im selben Ton wie ein Schwein.

Emma reagierte blitzschnell. Sie hob Max hoch und warf ihn mit enormer Kraft über das Gatter, damit er in Sicherheit war. Selbst sie musste die Sau jetzt fürchten, denn wenn ein Tier sich so sehr erschreckt, ist es unberechenbar. Eine Sau war in so einem Augenblick im Stande, ihre Kinder totzubeißen. Schnell floh Emma hinter Max her.

Der war völlig durcheinander. Emma nahm ihn bei der Hand und zog ihn hinaus ins Freie. Max zitterte, war bleich vor Entsetzen, Emma außer Atem.

Max versagten die Beine, er rutschte zu Boden. Emma ging mit ihm in die Knie und hielt seinen Kopf in ihrem Schoß. Streichelte und beruhigte ihn.

»Sie haben mich geworfen!«, zitterte Max.

Emma grinste stolz, hielt ihm ihren Bizeps vor Augen und spannte die Muskeln: »Da ist was drin, ne?«

»Ich will nach Hause«, schluchzte Max.

Zum ersten Mal hatte Emma einen Menschen in ihrem Schoß liegen. Sonst immer nur Tiere. Und Henner ließ sich nicht streicheln, nie. Glücklich über den Schutz, den sie ihm bieten konnte, streichelte sie Max über den Kopf. Noch nie hatte sie so etwas gefühlt, noch nie gehabt. Sie würde ihn nicht mehr hergeben, nie mehr. Der sollte hier zu Hause sein. Bei ihr.

Als Max sich wieder gefangen hatte, wollte er ins Badehaus zurück. Emma machte ihm dort ein Lager, mit Matratze, Kissen und Decke, stellte eine Kerze auf, brachte ihm eine Karaffe Apfelsaft und ließ ihn allein. Er sagte keinen Ton mehr.

Später, am Nachmittag, sah sie ihn wieder in der Hängematte liegen. Sie holte Gemüse und Obst aus ihrem Garten, putzte es und schnitt es in kleine Stücke, einen ganzen Teller voll. Das stellte sie neben ihn, auf den Tisch der Veranda. Wortlos nickte er, als wolle er sich bedanken.

Als sie am Abend wiederkam, war der Teller leer, die Hängematte verwaist. Sie setzte sich auf die Veranda, und da kam er wahrhaftig aus der Sauna, die jetzt sein Schlafraum war. Blieb in der Tür stehen.

Emma hatte ihm eine Taschenlampe gebracht und neue Kerzen. Er solle aber aufpassen, so ein Holzhaus gerate schnell in Brand.

Etwas umständlich brachte er heraus:

»Ich danke für die Gastfreundschaft, die ich aber nun leider nicht mehr weiter beanspruchen kann. Morgen werde ich … oh.«

Er brach zusammen, krümmte sich und schrie vor Schmerzen. Emma sprang zu ihm hin. Fragte besorgt, ob er sich bei dem Sturz vorhin vielleicht verletzt hatte. Als er wieder Luft bekam, wies er Emma zurück. Er wollte nicht gestützt werden. Dabei stand er immer noch krumm da, hielt sich am Türrahmen fest und stöhnte.

»Danke, kein ... nichts passiert. Es ist nur mein Bauch, eine alte Geschichte. Es geht schon. Ich werde mich morgen aufmachen. Herzlichen Dank für alles. Gute Nacht.«

Er gab ihr keine Chance zu antworten. Die Tür war bereits wieder geschlossen.

Emma ging in ihr Schlafzimmer und roch an der Bettdecke. Immer noch hing sein Geruch darin. Nach harzendem Holz und Zimt. Wieso wollte der jetzt weg, der Mann mit den schönen braunen Augen?

Da rettete eine Frau mal einen Mann statt umgekehrt und tröstete ihn wie eine Mutter, und hinterher schämte er sich dafür? War er aus diesem Grund so schweigsam? Wo wollte er denn hin, ohne Geld?

An der linken Tür ihres Kleiderschranks hing ein Spiegel, in dem Emma sich an diesem Abend betrachtete, während sie sich auszog. Ihre braunen Haare hatte sie zusammengebunden und hochgesteckt. Sie verlor sich in ihrem eigenen Blick und träumte von fremden Händen, die ihre Haare lösten. Von sauberen, weißen Händen, die auf ihrer Schulter lagen. Von Männerhänden, die langsam die dämliche Kittelschürze aufknöpften, ihre Brüste umschlossen, streichelten, reizten, den Kittel von den Schultern zogen, bis er auf den Boden fiel.

Ihre Hand glitt an ihrem Bauch hinab, umkreiste den Nabel, und ihre Finger versanken in ihren Schamhaaren.

Sie ließ die eine Hand dort, die andere hielt sie vor den Busen. So ging sie nackt zum offenen Fenster und blickte in den herrlich klaren Sternenhimmel. Das Badehaus war weit fort und lag zur anderen Seite hin, er konnte sie also nicht sehen. Hätte er sie gesehen, hätte ihn das Bild an etwas erinnert. Emma stand da wie die Venus von Botticelli, nur die Muschel fehlte. Dafür war der Westwind da.

»Was muss ich machen, lieber Gott, damit ich ihn behalten kann?«, fragte sie nackt in den Himmel.

Schweigen.

Nur die Grillen zirpten. Feldmäuse kratzten sich. Der Wind drehte. Ihr Gebet war flehentlich, aber nichts tat sich.

Manchmal hatte Emma Hunger, richtigen Hunger. Wenn sie auf dem Feld war, das Heu wenden musste und ihr Vesperbrot vergessen hatte. Der Hunger wuchs und schwoll an, wollte beachtet werden. Dann verschoben sich die Proportionen ihrer Körpers. Der Bauch wurde König, Mittelpunkt. Wurde riesig groß und leer. Immerzu schrie er: »Füllen, fressen. Bitte, weh!«

Auch der Durst war so ein Kerl. War die Feldflasche leer und stahl der Schweiß die letzten Tropfen aus Emma, dann schrie ihr Mund nach Feuchtigkeit. Ihre Zunge klebte, wurde dick. Der ganze Körper schien in Gefahr, alles wurde unwichtig, wenn nur endlich Wasser kam. Da wurde Alarm geschlagen, da spielten die Sinne verrückt.

Und nun, mit einem Mal kam die Lust und benahm sich wie Hunger und Durst. Das war für Emma neu. Ein bisschen Lust war immer da, aber dieses Verlangen war maßlos. Emma fühlte sich verzweifelt, wie eine, die um ihr Leben bangt. In Wirklichkeit war es ja auch so. Nur ging es nicht um ihr eigenes Leben, sondern um ein neues, das aus ihr herausdrängte. Emma war eine gesunde Frau im richtigen Alter, ihr Körper schrie danach, befruchtet zu werden. Eine Gier hatte sich entwickelt, die nicht mehr einzudämmen war. Unbändige Lust darauf, dass der Mann anfasst, was ihm in die Hände gerät. Ihre Brüste drückt, sie zu seinen Lippen führt. Sie lutscht und leckt. Dass seine festen Finger in sie rutschen, sie drücken und packen, streicheln und reiben. Dass er ihren Kittel zerreißt, aggressiv wird, bitte schön. Und seine Zunge in ihr versenkt, sie endlich nimmt. Himmel, sie würde sterben dafür.

Du Mann du, wer hat dich auf meinen Hof geworfen in der Nacht? Komm und nimm mich endlich. Aber wie hätte er sie erhören sollen? Wie hätte sie ihn öffnen sollen, diesen verschlossenen Mann? Wie einen halten, der wegwollte?

Emma zog sich wieder an und lief durch die dunkle Nacht, ohne Licht. Sie wollte nicht gesehen werden, und hier kannte sie sowieso jeden Stein, jeden Stumpf, jeden Weg. Sie ging die paar hundert Meter über die Wiese in Richtung Dorf. Dann an der kleinen Kirche hoch und rechts an der alten Schule vorbei. Am Rand des Dorfes wohnte Henner.

Emma weckte ihn, indem sie durch die Finger pfiff.

Müde, aber freundlich guckte er aus der Dachluke.

»Und?«

Schaute zum dunklen Himmel hoch und fügte hinzu:

»Jetzt noch?«

»Sach ma, Henner. Wie spielt man Lotto?«, fragte Emma.

Henner atmete tief durch. Also war sie doch verrückt geworden.

»Ich mach auf, warte.«

Er schlich die Treppe hinunter, damit die Mutter nicht wach wurde. Das hätte ihm jetzt gerade noch gefehlt. Er ließ Emma herein. In der Küche machte Henner ungefragt zwei Flaschen Bier auf und stellte sie auf den Tisch. Er stieß mit seiner Flasche an Emmas, ohne dass Emma sie überhaupt angerührt hätte. Henner bemerkte ihre glasigen Augen. Sie erschien ihm aufgeregter als sonst. Und ihre Stimme klang verändert:

»Ich hatte so eine Eingebung, vorhin. Dass Geld auf mich regnet, Scheine, viele Scheine.«

»Ah ja.«

Henner ließ sie einfach mal reden.

»Aber schenken tut mir ja nun niemand was, erben kann ich nichts, hab ja keinen. Und stehlen kommt ja für mich nun gar nicht in Frage, oder? Henner?«

»Nein, stehlen geht nicht. Das wäre dann Diebstahl, und das ist verboten.«

»Siehste, Henner. Das weiß ich doch von dir. Also bleibt doch nur Lotto. Oder, Henner?«

»Und du glaubst, du gewinnst?«

Jetzt nahm Emma das Bier doch. Sie trank fast die halbe Flasche in einem Zug. Wischte sich den Mund und erklärte noch mal:

»Ich hab halt diese Eingebung gehabt. Jetzt sag mir, Henner, wie macht man das, Lotto?«

»Also, einen Lottoschein kann ich dir mitbringen, den gibt's am Kiosk, wo ich immer meine Lakritze kaufe. Morgen Nachmittag, ist dir das recht? Dann zeig ich dir, wie man den Schein ausfüllt, und dann sehen wir mal.«

»Henner, morgen Nachmittag ist zu spät, die Eingebung ist, dass ich das noch in der Früh machen muss.«

»Das bleibt sich gleich, ob früh oder später, das wird ja eh erst am Samstag ausgespielt.«

»Henner, ich meine doch wegen der richtigen Zahlen. Mir nutzt ja das ganze Lottospiel nichts, wenn ich die falschen Zahlen tippe.«

»Ne, dann verlierst du. Mit falschen Zahlen.«

»Eben, Henner. Aber ich muss gewinnen, und die richtigen Zahlen mache ich nur morgen Früh. Das sagt mir so'n Gefühl. Nur morgen Früh. Deshalb komme ich ja noch so spät, um mal mit dir darüber zu reden.«

Es klang wie dümmliches Bauerntheater: Knecht und Magd unterhalten sich im Kuhstall – auf dem Niveau. Aber erstens glaubte Emma, Henner sei im Geiste einfach gestrickt. Und zweitens musste sie sich blöd anstellen, damit er weiter glaubte, sie sei schwer mit den Nerven herunter. Dann tat er etwas für sie. Und das war ihr Ziel. Emma hatte überhaupt kein Interesse am Lottospielen. Sie wollte nur, dass er am nächsten Morgen sehr früh bei ihr auf dem Hof erschien, mitsamt Polizeiauto.

»Was ist jetzt, Henner?« Emma trank die Flasche aus. Vielleicht fiele ja auch noch ein Grund dafür ab, warum sie so plötzlich an Geld gekommen war. Lottogewinn, Eingebung.

»Ja, wenn du meinst, Emma.«

Henner lächelte verstohlen. Und fügte kühn lächelnd hinzu:

»Mein Liebchen.«

Emma, immer noch mit hungrigem Körper, schöpfte Hoffnung, wenigstens ein bisschen Zuwendung zu bekommen:

»Bin ich dein Liebchen?«

Henner meinte verlegen. »Jo, schon.«

»Henner, möchtest du was von mir?«

Emma setzte sich auf seinen Schoß. Fingerte an seinem Schlafanzug herum. Aber Henner rutschte auf seinem Stuhl hin und her und zierte sich:

»Lieber nicht hier, lieber nicht jetzt.«

»Und was war das eben mit dem Liebchen?«, fragte Emma genervt.

»Ich wollte doch nur mal sagen, was für ein Liebchen du bist. Musst ja nicht immer was dabei denken. Das. Was Liebes wollte ich sagen halt. Wo du es so schwer hast.«

»Sagen, aber nichts Liebes tun, ja?«

Henner schwankte mit seinem Kopf hin und her, als sei das Halsgelenk zu locker:

»Dann wird sie wach, und ich muss mir das morgen anhören. Dass sie fragt: ›Warum schon wieder das?‹, und so. Das mag ich nicht.«

Emma war frustriert. Wütend! Wütend mit t: wütentt.

»Dann seh ich dich morgen Früh. Mit dem Lottoschein, ja?«

Henner musste umplanen. Was ihm sehr schwer fiel, wie alles, was ihn aus dem Alltagstrott brachte: »Dann fahre ich halt mal früh Lakritze kaufen. Das mache ich sonst nie, da wird der Flachsmeier sich wundern, wenn ich plötzlich früh komme. Und dann noch Lotto will. Das kennt der nicht von mir.«

Emma redete jetzt wie eine genervte Krankenschwester:

»Nee, Henner. Dann überraschst du ihn halt mal. Hm?«

Henner machte ihr die Haustür auf. Es hatte zu regnen begonnen und Emma hatte nichts mit, um sich zu schützen. Da gab Henner ihr eines der riesigen Kopftücher seiner Mutter. Es sah dämlich aus, dennoch band sie es um, verknotete es unter dem Kinn und schob es weit in die Stirn.

»Damit siehst du aus wie 'ne Hexe.«

»Danke, Henner.«

Nicht mal ihren Sarkasmus bemerkte er.

»Danke für das Kompliment und danke für den schönen Abend. Ich geh jetzt zurück in mein Knusperhäuschen. Nacht.«

Emma stapfte heftiger auf als auf dem Hinweg. Was sie erreichen wollte, hatte sie erreicht. Aber sonst? Wenn er schon mal Liebchen sagte? Wütentt.

Der zahme Rabe saß auf dem Feldweg, der zu ihrem Hof führte und wartete auf sie.

»Na, Rabe«, grüßte sie ihn.

Vor langer Zeit, als der Rabe noch nicht flügge war, hatte ihn Emma gefunden. Er war aus dem Nest gefallen und hatte sich einen Flügel gebrochen. Ihr war es gelungen, ihn gesund zu pflegen und großzuziehen. Heute kam und ging er, wann es ihm gefiel. Emma freute sich darüber. Er hopste auf ihre linke Schulter, und begleitete sie ein wenig.

Emma erzählte ihm vom bösen Henner und wie er sie wütend gemacht hatte. Der Rabe krähte, so etwas sei selbst in Rabenkreisen verpönt. Eine Frau fortschicken, wenn sie die Liebe suchte. Eine Sünde sei das.

Und Emma sagte: »Genau, eine Sünde.«

In der Zwischenzeit war Hans auf Emmas Hof zurückgekehrt und hatte sich ins Haus geschlichen. Lauschte zuerst in die Dunkelheit hinein, wollte Schlafgeräusche von Max oder der Bauersfrau ausfindig machen, aber das Haus schien menschenleer. Kein Mensch war zu entdecken. Irgendwo musste Max doch sein! Er knipste seine Taschenlampe an. Hans staunte über das Durcheinander in den Wohnräumen. Er fragte sich, was für einen Wagen er einem Menschen verkaufen könnte, der so lebte? Eine 2CV-Ente wäre zu schade, ihre Eleganz wäre hier verschenkt. Ein R4 mit Handschaltung wäre was oder ein Seat Kastenwagen, mausgrau, aus der ersten Serie. Normalerweise ließ er seine Gebrauchtwagen sorgfältigst putzen und blank polieren. Bei diesem außergewöhnlichen Kunden wäre es eher angebracht, mit dem Auto nach einem Gewitter über einen Forstweg zu rasen, damit der Wagen die richtige Farbmischung bekam.

An der Hauswand lehnte eine uralte Zündapp. Hatte noch eine Schwungscheibe, das gab's schon lange nicht mehr. Die würde er in Zahlung nehmen, könnte man herrichten für den Oldtimer-Markt. Da flackerte seine Lampe, wurde schwächer und ging schließlich aus. Die Batterie. Hans fluchte.

Schließlich nahm er sich den Stall vor. An einem rostigen Nagel, der in einem Balken steckte, fand er eine kleine Öllampe, ein Funzelchen, das er anzündete. Hinter den Tierställen gab es noch ein paar abgelegene Räume. Seine ganze Aufmerksamkeit galt den Schätzen, die darin standen. Antikes Gerät für die Feldarbeit, in Fett gelagert und deshalb gut erhalten. Eichenholzbalken, uralt. Von Architekten gesucht, die Häuser restaurierten. Alte Stühle und einen herrlichen Tisch fand er unter Düngemittelsäcken. Und wunderbare Schränke. Dieser Hof war noch nicht leer gekauft worden von Händlern, die vor Jahren durch diese Gegend gezogen waren und den Bauern alles abgekauft hatten, was sie an Wertvollem besaßen. Hans hatte eine Riesenentdeckung gemacht, das war klar.

Doch je mehr Hans von diesem Hof sah, desto weniger konnte er sich vorstellen, dass sein Freund sich hier versteckt hielt. Der penible saubere Max würde nie im Leben in Ställen schlafen, und in dem verdreckten Bauernhaus schon ganz und gar nicht. Auf der anderen Seite hat dieser Mistkerl sein Geld geklaut und seinen Ferrari zu Schrott gefahren. Das hatte er ihm zuvor auch nicht zugetraut. Was war nur in den gefahren? Er schien ja wie verhext zu sein. Von einem Tag auf den anderen wie ausgewechselt!

Als Emma nach Hause kam, hörte sie, dass die Tiere unruhig waren. War ein Marder eingedrungen? Oder hatte sich Max nach seinem Erlebnis mit der Sau noch einmal in den Stall getraut? Zielstrebig durchsuchte sie den Stall und entdeckte dann die offen stehende Tür zu den hinteren Räumen. Einen Lichtschein gar. Hans erschrak fürchterlich über den Schatten, den er an der weiß gekalkten Wand wahrnahm: Eine Frau mit Kopftuch und einem Raben auf der Schulter. Für Sekunden fehlten ihm die Worte.

Der Rabe machte: »Krah.«

Emma hatte ihren bizarren Schatten auch entdeckt. Sie reagierte ein wenig schneller als ihr fremdes Gegenüber. Und krächzte schlagfertig:

»Knusper, knusper, knäuschen, wer knabbert an meinem Häuschen?«

Hans glotzte nur. Das durfte doch nicht wahr sein!

»Komm her«, Emma spielte weiter. »Damit ich dich schlachten kann!«

Hans fing sich wieder und blinzelte in das schwache Licht: »Immer schön ruhig, Mütterchen. Von dir will ich ja nichts, ich suche nur was.«

Er konnte ihr Gesicht nicht deutlich sehen, es war zu düster.

»Suchst du das Gretel, ja? Das ist schon im Ofen.«

Hans hatte nicht vor, sich von einer alten Frau für dumm verkaufen zu lassen. Er ging auf sie zu. Der Rabe fürchtete sich, hob seine schwarzen Flügel hoch und hopste davon.

Als Hans sich davon kurz ablenken ließ, nutzte Emma den Moment, packte ihn mit einem gekonnten Griff und riss seinen Arm so weit nach hinten, bis er vor Schmerz schrie. Er hatte keine Chance. Sie schob ihn vor sich her, drückte ihn zum Schuppen mit den Saatkörnern und sperrte ihn hinein. Da würde er nicht rauskommen, es war der Ort, an dem die Kinder des Hofes seit Generationen eingesperrt wurden, wenn die Erwachsenen sie strafen wollten. Emma hasste diesen Schuppen.

»Lassen Sie mich sofort hier raus, ich tue Ihnen nichts. Rauslassen, sofort.«

Emma schwieg.

»Ich suche einen Freund von mir. Er war heute am Bach. Max. Ich will nur mit ihm sprechen, und dann bin ich fort.«

Emma aber steckte den Schlüssel in die Kitteltasche und ging davon. Der Mann schrie ihr nach:

»He, wenn ich hier eingesperrt bleibe, ist das Freiheitsberaubung, das ist Geiselnahme, dafür gibt's Gefängnis, da kommen Sie Jahre in den Bau, Jahre bekommen Sie dafür. Sofort aufmachen!«

Emma stellte sich taub. Draußen staunte sie über sich selbst. Was war denn das jetzt? Einen Mann gefangen halten? Weshalb hatte sie das jetzt getan?

Das Geschrei würde Max nicht hören. Der Schuppen lag weit hinter den Ställen. Wie oft hatte sie als Kind hier geschrien und keiner hatte es gehört.

Mit dem Gefasel über die Hexe hatte er angefangen, nicht

sie. Ein Einbrecher war er, nichts anderes. Henner würde das verstehen, wenn sie erklären musste, weshalb sie ihn eingesperrt hatte.

Ein Freund von Max also. Oder er log. War er sein Feind?

Wieder holte Emma Decken. Eine Matratze hatte sie nicht mehr, also nahm sie Kartoffelsäcke, die der Fremde sich unterlegen konnte. Und sie brachte ihm eine Flasche Bier, sie war ja nicht hartherzig.

Er schimpfte und tobte, doch sie reagierte nicht, ging wortlos wieder hinaus. Das Kopftuch hatte sie nicht abgenommen. Wenn sie zu ihm ginge, würde sie es immer tragen. Der Hexe wegen.

Hans saß im Dunkeln. Im Schwarzdunkeln.

Okay, sagte er sich. Dann also Krisenmanagement.

Priorität eins: Freiheit.

Priorität zwei: Rache. Unterpunkt A: an Max

Unterpunkt B: an der Verrückten

Priorität drei: … ließ er noch offen.

Zurück in die Freiheit. Wie? Dagmar.

Hans betastete seinen Körper und holte sein Handy aus der kleinen Tasche, die an seinem Gürtel hing. Das Display leuchtete auf, als er es einschaltete.

Der Akku! Gestern Nacht nicht aufgeladen. Ein Fehler.

Reichte es noch für ein Gespräch? Vielleicht sogar für zwei? Er musste sich so kurz wie möglich fassen. Zumindest hatte er hier Netzempfang. Dagmar war nicht zu erreichen. Besser nicht noch einen Versuch, der Akku! Auf morgen verschieben. In der Nacht schlief Hans unruhig auf seinem kargen Lager.

Der Hahn krähte sich die Seele aus dem Leib, aber Emma wollte an diesem Morgen nicht wach werden. Da stand er, der stolze Offizier, auf seinem Misthaufen, und war tief gekränkt und verstört. Überhaupt lief ihm in diesen Tagen einiges aus dem Ruder. Als Emma erst eine Stunde später aufstand, war er beleidigt. Er belästigte an diesem Tag kein einziges Huhn. Sein Harem war darüber so erbost, dass ein Streit ausbrach, welche von den Hennen ihm wohl die Laune vermiest haben könnte. Die Damen waren wegen dieser Streitereien so gestresst, dass keine von ihnen ein Ei herausbrachte.

Emma bemerkte von alldem nichts, sie sollte an diesem Morgen weder die Kuh melken noch Eier braten. Für sie gab es heute nur ihren Auftritt in drei Akten.

Erster Akt:

Zwei Stunden nach Sonnenaufgang fährt Henner im Polizei-VW auf ihren Hof. Sie weiß, dass Max es beobachtet. Sie bittet Henner ins Haus. Er hat den Lottoschein mitgebracht, auf dem sie hastig die Zahlen eins bis sechs ankreuzt und ihm wortlos zurückgibt, als interessiere sie sich plötzlich gar nicht mehr dafür. Henner versteht sie nicht.

Als Henner sich draußen verabschiedet, schüttelt Emma offenbar völlig unmotiviert den Kopf. Henner schaut sie irritiert an. Mit dieser Frau stimmt etwas nicht. Er steigt ins Auto und fährt davon. Vorhang.

Zweiter Akt:

Emma unterwegs mit einem Frühstückstablett voller Rohkost Richtung Badehaus. Sie klopft. Grüßt. Im Gehen dreht sie sich eher beiläufig um und sagt:

»Die Polizei war hier, ganz früh. Sie suchen jemand, der was geklaut haben soll. Überall sind Straßensperren und so. Wollen das Gelände durchkämmen.«

Max horcht auf, wie erwartet.

»Ich hab der Polizei gesagt, ich weiß nix von einem Mann. War doch richtig so, oder?«

Sagen und nicht auf eine Antwort warten. Abgang.

Dritter Akt:

Max kommt zu ihr in den Garten. Mit gesenktem Kopf. Sagt:

»Ich sollte etwas erklären.«

»Hm?«

»Das Auto, ich habe es gestohlen.«

»Ja?«

»Und ich habe viel Geld gestohlen, weil ich es dringend brauchte. Das ist verbrannt, das Geld. Im Wagen.«

»Ach.«

»Die Polizei sucht mich. Aber keine Sorge, ich bin ganz sicher kein Verbrecher, ich bin völlig harmlos.«

»Ja, das spüre ich.«

Pause. Pause. Sie durfte es nicht sagen, es musste von ihm kommen.

»Ich wollte fragen«, sagt der Mann auf ihrem Hof, »ob ich eventuell hier bleiben kann, bis die Luft wieder rein ist.«

»Kein Problem.«

»Danke, da bin ich sehr erleichtert. Im Moment kann ich alles ertragen, nur nicht in einem Gefängnis sitzen, nur das jetzt nicht.«

»Verstehe, wer will das schon.«

»Danke noch mal.«

»Bitte, bitte.«

Mit immer noch gesenktem Kopf geht er ins Badehaus zurück. Jetzt bloß nicht rühren, ganz ruhig stehen bleiben. Langsam um die Ecke gehen, dahinter ist die Luft rein. Vorhang.

Applaus! Emma tanzte wild vor Freude. Sie hatte ihn im Sack! Gut gelaunt holte sie ihr Mofa, schob es den Feldweg hoch, startete den Motor und gab kräftig Gas. Raste los.

Max hörte das Motorengeräusch auf seiner Veranda. Erst fürchtete er, es sei jemand, der ihn holen wollte. Ängstlich, zur Flucht bereit, sah er hin, und beobachtete Emma auf ihrer Zündapp. Und verstand nichts. Die Frau fuhr geradeaus, schnell wie ein Pfeil, steif wie ein Stock … und in Schlangenlinien langsam wieder zurück.

Max war zur Straße gelaufen, um es besser sehen zu können. Er bemerkte, dass die Asphaltstraße irgendwo mitten im Grünen begann und nach etwa tausend Metern vor Bäumen endete. Er verstand nichts.

Hans griff an diesem Morgen um neun Uhr wieder zum Handy.

Na endlich: »Autohaus Hans Hilfinger. Dagmar Stadtler am Apparat, grüß Gott.«

»Dagmar, hör zu. Hier Hans.«

»Ja grüß di, Hansi. Kommst heute net ins Büro?«

»Nein, ich …«

»I wollt' frag'n, I würd' nämlich heut' gern früher heim, ins Kino mit dem Hasi, weißt eh?«

»Bitte. Dagmar. Hör mir bitte zu. Es ist …«

»Mir ham heut' Hochzeitstag, verstehst? Den dreizehnten, ach Gott, wenn des ka Ohmen is.«

»DAGMAR. HÖR JETZT ZU.«

»I hör ja, jo sag scho, was is?« – piep –

»Mein Akku ist gleich leer. Mich hat eine Hexe gefangen, die will mich braten. Sie glaubt – piep – ich bin der Hänsel. Die hat mich eingesperrt.«

»A Hex', na sauber. Verkaufst wieder a Auto? Jetzt versteh i di endlich. Dei Fantasie möcht i ham.«

»Nein, Dagmar, keine Geschichte diesmal. – piep – Ich verkaufe kein Auto! – piep –

… Dagmar? Du musst veranlassen, dass man mich sucht auf einem Bauernhof, hörst du, an der Bundesstraße Kilometer 52,5 Richtung Norden. Dagmar?«

»…« – piep –

»DAGMAR?«

Verbindung beendet. Um Hans wurde es wieder dunkel. Schwarzdunkel. Jetzt ergänzte er Priorität drei: Dagmar zu Palatschinken machen.

Das Allererste, was Emma gelernt hatte, war Blut zu rühren. Sie empfand keinen Ekel vor Blut, keine Furcht vor dem Töten. Die Mutter hatte Emmas Hand ins warme Blut gelegt, als Emma noch ein Baby war. Und immer, wenn ein Schwein geschlachtet wurde, tat sie das.

Andere Mädchen lernten häkeln. Emma ekelte sich vor Häkeln.

Als Emma vier Jahre alt war, hatte sie zum ersten Mal selbst die Schüssel halten dürfen, in die das Blut des gerade abgestochenen Schweins floss.

Das Schwein schrie, als die Männer kamen, es fest banden und mit aller Gewalt an Stricken aus seinem Stall auf den Hof zerrten. Es riss sich los, wollte zur Herde zurück. Der Großvater verfolgte das Tier mit dem geladenen Bolzen in der Hand, der Vater bekam es endlich zu packen. Es quiekte vor Angst, als der eine es hielt und der andere es in die Stirn schoss und dabei sein Gehirn zertrümmerte.

Der Bolzen betäubte das Tier, aber es starb davon nicht. Es lag auf dem Boden und schiss. Das stank.

»Komm her«, rief der Vater seine Tochter. Emma musste dahin, wo's stinkt, mit der Schüssel. Hielt sie an den Hals des bewusstlosen Tieres, das in seinem Kot lag.

Der Vater stach mit dem großen Messer in den Hals und öffnete die Schlagader. So starb das Schwein endlich, es blutete aus. Der Ekel war Emma abgewöhnt worden und Furcht durfte sie auch nicht haben, die Kleine. Wer nicht arbeitet, der darf auch nicht essen. Tapfer hielt sie die Schüssel unter das Loch im Hals. Emma erinnerte sich vor allem an die Farben: Das Blut war rot, die letzte Kacke braun. Die Haut des Schweins war rosa und schmutzig, solange das Tier lebte. Wenn es tot war, war sie weiß. Die Schüssel war aus blauer Emaille mit kleinen weißen Tupfen. Da hinein floss das Blut, randvoll. Nicht wie Wasser aus dem Wasserhahn, sondern stoßweise, als würde es herausgepumpt. Emma fragte sich jedes Mal, wann genau das Schwein noch lebte und wann es tot war. Irgendwann war es so weit, aber wer wusste es genau?

Das Blut versiegte, nichts kam mehr raus. Die Mutter stellte die Schüssel nun ein paar Meter entfernt auf den Steinboden im Hof. Weil das Blut einige Kilo wog, war sie zu schwer für das Kind. Emma krempelte den linken Ärmel hoch und tauchte ihre Kinderhand nun ohne Mutters Anleitung tief ins Blut hinein. Es war warm. Darin schwamm das Unsichtbare, was das Blut gerinnen ließ. Das musste Emma nun sichtbar machen und herausholen, damit das Blut flüssig blieb. Später wurde es zum gehackten Fleisch und zu gekochten Innereien geschüttet und zu Blutwurst verarbeitet.

Emma spreizte ihre kleine Hand und schüttelte die fünf

Finger im Blut hin und her. Schnell, nicht langsam. Kleine Gerinnsel schleimten um ihre Finger, klebten an ihrer Haut. Wenn sie davon genug fühlte, nahm Emma die Hand heraus und schlug das glibberige rote Gewebe ab, schleuderte es auf den Boden. Und wieder tauchte sie die Hand hinein, schüttelte sie, nahm sie wieder heraus und schlug das Gewebe ab. So lange, bis kein Gerinnsel sich mehr um die Finger legte. Emma war sehr stolz, dass sie bei dieser wichtigen Arbeit helfen durfte. Zur Belohnung bekam sie das Ringelschwänzchen des getöteten Schweins. Damit zog sie mit den anderen Kindern durchs Dorf. Jedes von ihnen bekam mal das Schwänzchen hinten an die Hose geheftet. Dieses Kind war dann das Schwein, wurde gehänselt, verspottet und gejagt. Es musste um sein Leben rennen, sollte mit dem Messer erstochen werden. Und es durfte selbst hänseln, spotten und drohen, wenn ein anderes Kind das Schwänzchen hatte und um sein Leben rannte.

Am größten war der Spaß, wenn es einem Kind gelang, das Schwänzchen unbemerkt einem Erwachsenen anzuhängen. Verstand der große Mensch Spaß, war es lustig. Wenn nicht, wurde es gefährlich, aber auch ziemlich aufregend. Einmal hatte Emma gewagt, das Schwänzchen dem Großvater anzuhängen. Er hätte sie fast umgebracht vor Zorn. Aber die Genugtuung, ihn mit einem Schweineschwänzchen herumlaufen zu sehen, machte die Angst wett.

Jedem Kind, das eine Mutprobe bestanden hatte, wurde eine eigene Wurst gemacht. Dazu musste man sich den gesäuberten und in Salz eingelegten glibberigen Darm des Schweins durch den Mund ziehen lassen. Der Bauer hielt ein Ende des Darms ans linke Ohr und führte es an der Wange entlang durch den geöffneten Mund bis zum rechten Ohr. So lang dieses Stück Darm war, so lang wurde die Wurst für das Kind. Der Darm wurde mit gehackter und gewürzter Fleischmasse gefüllt und zugebunden.

Wann immer ein Bauer ein Schwein schlachtete, bekam jedes Kind des Dorfes von ihm seine eigene Wurst, die ihm zuvor durch den Mund gezogen worden war. Diese persönlichen Würste wurden mit Namen versehen und gemeinsam mit den großen luftgetrocknet. Das Kind durfte seine Wurst verspeisen, wann immer es wollte.

Von alldem hatte Max, der müde in der Hängematte schaukelte, keine Ahnung. Seine Gedanken drehten darum, ob die Polizei ihn finden würde oder Hans. Ob und wann seine Schmerzen wiederkämen. Wahrscheinlich würde all das eintreffen. Aber was machte das jetzt noch aus? Solange er lebendig in dieser Hängematte lag, war alles gut.

Der Hahn stolzierte zum Badehaus, blieb stehen, drehte seine rechte Seite zu Max hin und fixierte den neuen Mann auf seinem Hof. Ihre Blicke trafen sich. Das Tier wandte sich um und wechselte auf die linke Seite, um Max auch mit dem anderen Auge betrachten zu können.

Jetzt hielt es ihm seine breite bunte Brust entgegen. Aufrecht und beinahe herrisch, wie ein Kontrollposten, stand der Hahn da. Max hatte den Eindruck, als frage er ihn nach seinen Papieren, nach seiner Aufenthaltsgenehmigung. Minutenlang schauten beide einander schweigend an. Der Kamm des Hahns wurde dick und stellte sich auf. Dann schüttelte das Tier sich und stolzierte beleidigt davon. Max sah ihm nach. Da blieb der Hahn noch einmal stehen, hob kurz seinen bunten Schwanz und kackte in Max' Richtung.

Emma liebte jedes Einzelne ihrer Schweine. Sie gab ihnen Namen, streichelte sie täglich ausgiebig und voller Zärtlichkeit. Sie spielte mit ihnen wie andere es mit Hunden taten. Und die Schweine liebten ihre Herrin, vertrauten ihr. Seit Emma auf diesem Hof das Sagen hatte, wollte sie das jämmerliche Geschrei der Schweine am Schlachttag nicht mehr hören. Jahr um Jahr hatte sie mit angesehen, wie verzweifelt sich die Schweine zu wehren versuchten, wie lange sie in Todesangst waren, wenn zwei oder drei starke Männer sie am Strick aus dem Stall heraus zum Schlachtplatz zerrten. Emma wollte das Geschrei nicht und auch keine Männer, die brüllten und zogen. Sie schlachtete allein.

In Männerhosen, riesigen grünen Gummistiefeln und einer ganz langen weißen Gummischürze, deren schwarze Bänder zweimal um ihren Körper gewickelt waren, ging sie über den Hof. Vor ihrem Bauch baumelte eine Schlachtkoppel mit ledernem Messerköcher und einem Wetzstahl.

Emma schnalzte leise mit der Zunge und das Schwein trottete brav hinter ihr her.

Max kam näher, blieb am Bach neben der Trauerweide stehen und schaute zu den beiden hinüber. Was kommen würde, ahnte und fürchtete er zugleich. Er sah einen Flaschenzug, eine riesige Holzwanne und eine andere kleine Wanne, daneben Eimer und Emailleschüsseln. Ein Schlachtbeil. Aus der Schlachtkammer dampfte es.

Emma setzte sich auf den mit dunklen Basaltsteinen gepflasterten Hof unter den Flaschenzug. Das Schwein stand neben ihr. Sie strich dem Tier vom Kopf über den langen Rücken, immer und immer wieder. Streichelte es mit festen Bewegungen, klopfte, und sprach mit ihm. Max konnte die Worte nicht verstehen. Er lief noch ein paar Schritte weiter, um die Szene besser betrachten zu können. Das Schwein hatte sich zu Emma auf den Boden gelegt wie ein Hund. Vorsichtig knüpfte Emma ein Lederband um die Hinterbeine des Schweins und befestigte es an einem Stahlhaken, der im Boden eingemauert war.

Sie hielt das Schwein mit dem rechten Arm fest an den Vorderfüßen, sprach wieder mit ihm, küsste es auf die Stirn, dahin wo die Männer früher den Bolzen ins Hirn getrieben hatten.

Max wagte sich noch weiter vor. Er hatte das Gefühl, ihr helfen zu müssen. Aber wie? Was hatte sie vor? So was konnte die doch nicht allein!

Das Schwein lag noch immer ruhig da, gab keinen Ton von sich. Während Emma weiter behutsam mit dem Tier sprach, drehte sie es auf den Rücken. Jetzt ging alles sehr schnell: Emma zückte das scharfe lange Messer und schnitt dem Schwein ohne Zögern mit einer schnellen präzisen Bewegung die Kehle durch. Das Blut spritzte heraus, das Schwein lag regungslos da, aber Emma hielt es weiter an den Beinen fest. Sie begann laut zu zählen:

»Eins, zwei, drei, vier, fünf, sechs, sieben, acht.«

Die Atmung des Tieres verlangsamte sich, wurde flacher. Das Blut strömte rhythmisch aus dem Schnitt heraus, auf die Steine und floss weiter. Das Schwein schaute Emma mit großen Augen an. Jetzt bewegte es sich, die Muskeln krampften.

Max war jetzt ganz dicht bei Emma und hörte, wie sie leise und zärtlich auf das Tier einsprach:

»Mein liebes Schweinchen, meine kleine Schwester. Danke, dass du bei mir warst, ich hab dich lieb, so lieb gehabt. Es tut nicht weh, siehst du? Ich hab's dir doch versprochen, dass es nicht wehtut. Auf Wiedersehen, mein Schweinchen. Auf Wiedersehen.«

Nach und nach versiegte der Blutstrom und das Schwein ließ langsam und still sein Leben aus sich herausfließen, in Emmas festem Arm geborgen.

Fassungslos schaute Max zu und zitterte am ganzen Körper. Emma beachtete ihn nicht. Erschöpft stand sie auf und ging zu einer Schüssel, die mit warmem Wasser gefüllt war. Sie wusch sich die Hände. Wusch das Blut ab. Wusch auch das Messer ab und legte es beiseite. Trocknete die Hände, schüttete das Wasser über ihre blutverschmierte Schürze, nahm einen Schlauch und spritzte den Boden ab. Das tote Tier lag regungslos da, mit einer klaffenden Wunde am Hals.

Max flüsterte: »Das habe ich noch nie gesehen.«

Er hatte eigentlich sagen wollen, er habe noch nie eine so starke Frau gesehen wie Emma. Noch nie.

Schweigend ging sie in den Garten und pflückte einen Apfel. Sie holte das Messer, hielt es Max vor die Brust, mit der Schneide nach oben. Sie ließ den Apfel aufs Messer fallen – und er fiel schnell und glatt in zwei Hälften zu Boden.

»Ich darf dem Messer keinen Druck geben. Es muss ganz leicht durch den Hals gleiten. Interessiert dich, warum ich es so mache?«

Er nickte.

»Am schlimmsten für die Tiere ist die Angst vor dem Tod, nicht der Tod selbst.«

Max fragte: »Der Tod ist nicht schlimm?«

»Nicht, wenn jemand sie fest hält. Nicht, wenn man ihnen schnell und richtig die Kehle durchschneidet. Dieser Tod ist wie der Tod in der freien Natur. Wenn zum Beispiel ein Schaf von einem Wolf gerissen wird. Da werden beim sterbenden Tier Hormone freigesetzt, die wirken wie ein Narkosemittel. Stark wie Morphium, das Tier stirbt ohne Schmerzen.«

»Wer sagt das?«

»Der Bartmann hat's mir erzählt. Ein Eremit, der früher hier gelebt hat. Er hat selbst kein Fleisch gegessen, aber er hat es mir erklärt.«

»Und vorher? Die Angst?«

»Meine Schweine kennen mich. Sie ahnen nichts Böses, sie laufen mir nach, haben Vertrauen. Das nutze ich aus.«

»Du nutzt das aus, ja? Sie vertrauen dir, und du tötest.«

»Schweine sind dazu da, getötet zu werden. Sie leben herrlich, um gesund zu sterben und zu Wurst zu werden. Sie leben ohne Sorgen und bei mir haben sie sogar einen glücklichen Tod.«

»Welcher Tod ist schon glücklich?«

Emma sah Max an, fing seinen Blick auf. Hielt ihn mit ihren Augen fest und sagte:

»Der von meiner Hand.«

Max sah wieder zu dem toten Schwein und schwieg.

»Ich sollte jetzt meine Hilfe anbieten, aber ich kann das hier nicht machen. Ich kann das nicht.«

»Ich weiß. Ich mache es allein, das tue ich immer.«

»Darf ich zuschauen?«

Emma zog eine Schulter hoch, als sei ihr das gleichgültig.

»Wenn du meinst.«

Max setzte sich mit weichen Knien auf die kleine steinerne Treppe vor ihrem Haus. Ihm war übel, sein Bauch krampfte sich zusammen. Er wusste nicht, ob es an seiner Krankheit lag oder an dem blutigen Sterben, das er eben mit angesehen hatte.

Die Kinder der Bäckerin und des Kartoffelbauern kamen angelaufen. Emma schnitt das Ringelschwänzchen ab und reichte es ihnen. Sie spielten damit, jagten auf dem Hof herum.

Max wurde bei diesem Anblick ganz wehmütig. Er hatte als Kind nicht so ausgelassen geschrien und gejauchzt. Er war meistens allein gewesen mit den Eltern. Sie waren wunderbar fürsorglich gewesen, aber hatten nie gemeinsam vor Freude geschrien, vor Glück gejauchzt. Max' Eltern hatte man, als sie selbst noch Kinder waren, die Lebensfreude aus dem Leib gerissen. Ihre kindlichen Jauchzer waren im Bombenhagel erstickt worden. Der Hunger und die Kälte in den Jahren danach hatten ihre Seelen gemartert. Sie waren ihm immer gute Eltern gewesen, bis Max erwachsen war. Dann aber hatten sie keine Kraft mehr gehabt und waren dahingegangen, einfach so. Gemeinsam.

Max weinte. Schon wieder! Was sollten diese vielen Tränen! Er wollte nicht, dass sie ihn so sah, stand auf und lief durch die Felder, an reifem Weizen entlang.

In den Stunden hier bei Emma hatte er intensiver gelebt und gefühlt als in seinem ganzen Leben davor. Roter Mohn wuchs am Feldrand, blaue Kornblumen, Gräser. Es duftete satt, die Sonne wärmte ihn. Seine Hand glitt über die Ähren.

Der Bartmann trug nur ungefärbte, selbst gewebte Leinengewänder und ließ Haare und Bart wachsen, ganz lang. Daher sein Name.

Seine Hütte hatte er über fließendem Wasser gebaut, weil er unter sich die Strömung brauchte. Emma war damals noch zu jung, um das alles zu verstehen. Aber der Bartmann interessierte sie sehr, weil er so anders war als die anderen.

Er ging durch die Felder und pflückte, was an Bäumen und Büschen wuchs. Auch in die Gärten der Leute ging er und holte sich, was er zu essen brauchte. Wollte ihm das jemand verbieten, sagte er: *Schaut auf die Vögel des Himmels: sie säen nicht, sie ernten nicht und sammeln nicht in Scheunen, und euer himmlischer Vater ernährt sie.* Mundraub war für ihn nicht strafbar.

Manchmal kam der Bartmann auf den Schweinehof, um Holz zu hacken. Als Belohnung nahm er Camembert, den die Mutter eigens für ihn kaufen musste. Zwei ganze Schachteln! Den wickelte er in seiner Arbeitspause aus und aß den Käse ohne Brot. Emma saß oben in der Kastanie und schaute ihm mit großen Augen zu. Das war etwas Außergewöhnliches, denn auf einem Schweinehof wurde niemals Käse gegessen, geschweige ohne Brot. Nur der Bartmann tat so etwas. Er trank natürlich kein Bier und auch kein Sprudel. Nur Wasser.

Eines Tages kam jemand von irgendeinem Amt und untersagte ihm, seine Hütte über dem Wasser stehen zu lassen. Das verstoße gegen eine Verordnung. Es ging hin und es ging her. Der Bartmann wollte nicht weichen. Da kam Onkel Karl mit seinem Feuerwehrkran, um die Hütte zu versetzen. Alle gafften.

Der Bartmann blieb in der Hütte, als der Kran ihn hochhob. Irgendjemand sagte, er höre ihn singen. Ein anderer meinte, er bete. Ein dritter, er schreie. Nur fünfzig Meter vom Bach weg wurde die Hütte abgestellt. Da hätte der

Bartmann bleiben können, denn die Hütte war unversehrt. Doch von da an hackte er kein Holz mehr, stahl keine Früchte mehr, aß keinen Camembert mehr. Und wenige Wochen darauf starb er. Die Leute sagten, er sei eingegangen, weil er kein fließendes Wasser mehr unter sich gehabt habe. Onkel Karl machte sich Vorwürfe.

»Kein Blut«, hatte der Bartmann Emma gelehrt. Blut muss zur Erde, es muss darin versickern. Nicht trinken, nicht essen. Kein Blut.

Als Kind war sie im Hochsommer von der Treppe ins Rosenbeet gefallen, während er Holz hackte. Sie schrie, sie blutete. Niemand kümmerte sich, alle waren auf dem Feld. Also kam der Bartmann.

In ihrer kleinen Hand steckten einige Dornen, die er zu entfernen versuchte, während sie auf seinem Schoß zappelte und vor Schmerzen heulte.

Der Bartmann befeuchtete ihre Hand mit seiner Spucke, weichte die Stelle mit seinen dicken Lippen auf, warm war das. Er sagte dabei kein Wort. Aber als er ihre Hand lutschte und sie so von den Dornen befreite, betrachtete er die Zeichnung ihrer Handfläche genauer, sie glich der seinen fast aufs Haar: Seine und ihre Lebenslinie, seine und ihre Herzlinie, seine und ihre Schicksalslinie, seine und ihre Hügel, Dellen und Falten, Kreise und Schleifen. Seine alt und ausgeprägt, ihre jung. Aber so verblüffend ähnlich!

Nun sah er dem Kind zum ersten Mal in die Augen. Eben noch war sie eine namenlose Bauerngöre. Jetzt sprach er mit ihr:

»Wie heißt du?«

Emma schwieg.

»Wie alt bist du?«

...

»Gehst du schon zur Schule?«

Emma nickte schüchtern.

»Und sagst du manchmal auch was?«

…

»Welches ist dein Lieblingswort?«

»Wort.«

Da lächelte er, der Bartmann. Hielt ihre Hand. Die Dornen waren draußen, das Kind hatte aufgehört zu weinen.

»Wir gleichen uns.«

Er legte seine und ihre Hand nebeneinander und zeigte ihr die Linien und Hügel, die Schleifen und Wölbungen. Emma hörte von ihm Worte, die sie noch nie gehört hatte. Schon der Klang war anders. So hatte noch nie jemand mit ihr gesprochen, sie hörte immer nur: Mach das, lass das. Halts Maul oder jetzt nicht.

Aus dem Mund des Bartmanns fielen tausend Worte, weiche, liebliche, traurige. Und er hatte Bücher.

Darin kamen die Worte dunkel, Mond, Tiere, Schaukel, Kinder, Namen vor. Nie gehört, nie gesehen. Wo sind die Kinder? Kommen die mal hierher? Nein. Wo? Im Buch? Nein, draußen. Hinter den Bergen, hinter der Stadt. Da ging die Welt weiter. Emma glaubte ihm nicht.

Dann, einmal, war Emma in einem seiner Bücher. Er las von Emma.

Sie glühte vor Glück, vor Stolz. Wenn sie im Buch war, dann gab es sie zwei Mal. Eine Emma blieb auf dem Hof, aber die andere Emma, die im Buch, die war woanders!

Der Bartmann hatte ein kleines Gedicht geschrieben über Emma, und sie strahlte vor Glück. Sie hing an seinen Lippen, wenn er las. Ihre eigenen Worte kamen zeitgleich hinterher. Aus dem Gör im Kastanienbaum, das er für stumm gehalten hatte, wurde ein sprechendes Kind.

Emma sprach wie er. Sie war sein Weltenkind, seine Schicksalstochter. Täglich betrachtete er ihre Handflächen und hörte nie auf, darüber zu staunen. Ihre Hände waren kräftig, muskulös. Der Ballen am Daumen stark gewölbt, die Wölbung an der Handkante so tief, dass sie fast über das Gelenk reichte. Gleichzeitig waren Daumen und Zeigefinger kräftig.

»Du bist sehr stark. Du wirst einmal etwas Wichtiges machen, nicht nur denken.«

Ihre Lebenslinie teilte sich, daraus schloss er: »Auch du wirst fortgehen, irgendwann. Weit fort, für immer. Wie ich.«

So entfremdete sich Emma von ihrer Familie. Sprach anders, dachte anders. Las.

Als der Bartmann starb, hatte es ihr die Sprache verschlagen. Seitdem war ihr jeder Dreck nah wie ein Freund und Steine machten ihr das Leben leicht. Die Tiere sprachen mit ihr und die Pflanzen wuchsen und blühten um die Wette, nur für sie.

Emma drückte mit ihrem spitzen Messer zwischen Sehne und Knochen der Hinterbeine des Schweins und machte so zwei Löcher, durch die sie den Krummstock schob. Der sah aus wie ein Kleiderbügel, nur viel dicker und größer, und hatte an seinen Enden Metallhaken. Mit Hilfe des Flaschenzugs konnte sie das Schwein daran anheben und später auch aufhängen. Emma lenkte den schweren Körper geschickt zur Holzwanne und legte ihn dort ab.

Sie überbrühte den Schweineleib mit kochend heißem Wasser und schabte dann von der weich gewordenen Haut die Borsten und die oberste Hautschicht ab. Dazu benutzte sie ein Schrapphorn, eine scharfe runde Metallschelle. Es war, als rasiere man mit aller Kraft den Stoppelbart eines Riesen. Sie schüttete immer wieder heißes Wasser nach und schabte. Es stank nach toter Haut, die warme Brühe verstärkte den Gestank noch. Und selbst wenn man wie Emma jede Woche schlachtete, es stank jedes Mal gleich schrecklich. Zuletzt musste Emma über die Brustnippel des Tieres schaben und sie fortreißen, und jedes Mal tat es ihr selbst weh. Schon als Kind war es das Schlimmste, wenn die Männer die Brustnippel abrissen. Sie presste dann die Hände gegen ihre eigenen Brüstchen und verbarg sie damit. Hatte Angst, eines Tages würden die Männer auch sie platt schaben.

Zuletzt riss sie mit einem Haken, der sich am spitzen Ende des Schrapphorns befand, die Zehen von den Füßen. Als das Tier ganz glatt und sauber war, hängte sie den fetten Körper mit Hilfe des Flaschenzuges kopfüber mit dem Krummstock an eine breite Holzleiter, mit der Bauchseite nach vorn. Und wieder und wieder schüttete sie heißes Wasser über den Leib. Endlich ließ sie ihn abtropfen.

Als dieser Teil der Arbeit erledigt war, setzte sich Emma schwach vor Erschöpfung auf den Rand der Holzwanne und atmete schwer. In der Wanne stand das schmutzige Wasser voller Hautfetzen und Borsten. Es war eine Drecksarbeit, eine Männerarbeit. Eine Arbeit, die selbst zwei Kerle erschöpft hätte.

Max brachte ihr ein kühles Bier. Auch er genehmigte sich eins. Er hätte sich gern zu ihr gesetzt, aber der Gestank war für ihn tausend Mal widerlicher als für sie. Der Inhalt der Wanne kam ihm vor wie eine Leichensuppe. Er bat Emma, sich mit ihm auf die Steintreppe zu setzen.

Dort stießen sie miteinander an. Emma staunte. Er hatte

sich also tatsächlich in die Küche getraut, an den Kühlschrank. Wie nebenbei fragte sie ihn:

»Wieso hast du denn deinen Freund bestohlen?«

»Es gab einen Grund, aber ich kann darüber nicht sprechen. Vorgestern dachte ich noch, ich würde das Geld sehr dringend brauchen.«

»Und jetzt?«

»Nicht mehr.«

»Wieso?«

»Ich wollte eine Hängematte haben, am schönsten Ort der Welt. Jetzt hab ich sie.«

Er lächelte, wies mit seiner Flasche Bier Richtung Badehaus.

»Hier soll der schönste Ort der Welt sein?«, staunte Emma, die nur diesen Ort kannte.

»Och.«

Max ließ die Frage offen.

»Jetzt brauchst du das Geld nicht mehr?«

»Nein. Aber mein Freund braucht es. Ich würde es ihm zurückgeben, aber es ist ja verbrannt.«

Emma nickte.

Sie brauchte das Geld nämlich, um ihren einzigen Ort auf der Welt zu erhalten, ob schön oder nicht. Sie musste ihn erhalten.

Die Bierflasche war leer, und sie ging zurück an ihre Arbeit.

Max sah zu, wie sie das Schwein köpfte und dann mit einem kurzen kräftigen Schnitt den Bauch öffnete, zuerst vom After des Tieres aus bis zu den ersten Zitzen. Sie durfte nicht zu weit schneiden, sonst fiel der gesamte Bauchinhalt mit einem Mal heraus und klatschte auf den schmutzigen Boden.

Emma drückte mit ihrem Körper eine Wanne an den Bauch des Tieres. Mit einer Hand schnitt sie den Darm ab, mit der anderen wollte sie zuerst den Dickdarm und dann den Dünndarm herausheben. Sie schnitt, schwankte und hielt die Wanne allein mit ihrem Unterleib in Balance. Diese Arbeit war viel zu schwer für nur eine Person.

Zum zweiten Mal sah Max sie schwanken und endlich eilte er zu ihr. Er hielt die Wanne mit beiden Händen fest, so dass die Därme hineinfallen konnten. Gemeinsam zogen sie dann das Gefäß zur Seite. Viele Meter Darm lagen darin, gefüllt mit Kot.

»Danke«, sagte sie.

Er würgte, Saures stieg in ihm auf und brannte im Hals. Schnell zog er sich wieder auf sein Treppchen zurück.

Mit einer kleinen Axt hackte Emma den Brustkorb des Schweins auf, holte behutsam die Lunge heraus und legte sie ins Wasser. Sie barg ein Organ nach dem anderen auf diese Weise. Max beobachtete alles ganz genau. Schließlich überwand er sich, kam neugierig näher. Hielt sich anfangs die Nase zu und schaffte es dann doch, einen Blick in das offene Tier zu wagen. Er ließ sich alles zeigen und erklären: wie der Magen aussieht, die Nieren, die Milz, die Leber, die Galle.

»Und wo ist die Bauchspeicheldrüse?«, fragte er.

»Oh«, zögerte Emma, »da muss ich mal suchen, die ist, glaub ich, hinter dem Magen. Oder doch bei der Milz? Die ist sehr klein, sieht aus wie eine platt gedrückte Birne, weißt du? Hier, das da ist sie, glaub ich.«

Max sah ein Nichts aus Gewebe.

»Wieso interessiert dich ausgerechnet die?«

»Och.«

Emma grinste. Das schien bei ihm eine Marotte zu sein. Wenn er *Och* sagte, meinte er wohl, das sage ich nicht.

Jetzt schnitt sie das Herz aus der linken Seite des Schweins. Es war noch warm. Die Vene und die Arterie streckten ihre Röhren nach allen Seiten, noch etwas Blut tropfte heraus.

Emma hielt Max das Herz hin. Fasziniert schaute er sich dieses feste, rote Organ an. So etwas hatte er noch nie gesehen. Emma erläuterte ihm die Eingänge, die Ausgänge. Schnitt es auf, zeigte ihm die Herzklappen, die Kammern, den Muskel.

»Es ist wie ein Menschenherz, unseres sieht genauso aus. Auch so groß etwa. Eine Faust mit Daumen drin, so groß ist unser Herz.«

Emma ballte ihre blutige rechte Hand zur Faust. Max tat das Gleiche mit seiner linken Hand.

»Wirklich? So groß ist mein Herz, ist das wahr?«

»Aber ja. Meins ist kleiner als deins.«

Emma reichte ihm das blutige, noch warme Stück Herz.

»Willst du mal halten?«

Heftig schüttelte er den Kopf.

Emma überrumpelte ihn, stippte ihren Zeigefinger tief ins Schweineherz, hinein in das noch feuchte Blut. Sie lächelte ihn an und strich ihm etwas Blut an sein Hemd, dorthin, wo sich das Herz befand. Sie hatte ihn schmutzig gemacht! Ganz erschrocken schaute er sie an. Aber sie hatte sich schon umgedreht und das Herz zu den anderen Organen in die Schüssel gelegt.

Max war blutbeschmiert und lächelte.

Emma nahm das ganze Schwein aus, säuberte die Organe und entleerte Därme und Blase sehr gründlich. Sie wusch die Teile wie Wäschestücke, rubbelte sie von innen und außen. Dann legte sie die Därme in Salz und stellte sie abgedeckt in die kühle Schlachtkammer.

Emma fühlte sich wie auf einer Theaterbühne, es gefiel ihr, wenn ihr Zuschauer sich vor Ekel schüttelte oder wenn er staunte, was sie konnte, was sie wusste, was sie tat. Provozierend drehte sie sich nach ihm um, als sie die Blase des Schweins aufblies wie einen Luftballon und oben zuband.

»Bah«, sagte er, wie erwartet. Scherzhaft fragte er: »Fußball, Handball? Was wird es denn im nächsten Leben?«

»Sülze«, lachte Emma, »Sülze kommt da rein.«

Und erzählte plappernd, dass der Veterinär neulich operiert worden war, in der Stadt. Implantation. Hat eine Blase eingesetzt bekommen.

»Und weißt du, von wem? Von einem Schwein, ausgerechnet!«

Ein Veterinär mit Schweinsblase, Emma fand das sehr komisch. Kichernd hackte sie das ausgenommene Schwein mit dem Schlachtbeil in zwei Hälften, den Rücken entlang, durch die Knochen hindurch.

Ein zweites Bier hatte Max noch mutiger gemacht. Er nahm ihr das schwere Beil ab und hackte selbst weiter. Erst zögernd, dann immer kräftiger in die richtige Kerbe.

Emma lobte seine Stärke. Max wusste, sie lügt. Nach wenigen Schlägen ging er erschöpft in sein Badehaus zurück. Aber er hatte immerhin mitgeholfen, ein Schwein zu schlachten!

Als Max fort war, schlich Emma in den Eberstall und holte die Tüte mit dem Geld aus dem Stroh, schaute sich die Scheine an, blätterte sie durch. Sie stopfte sie zurück in die Tüte und nahm alles mit. Rannte damit über den Hof und brachte es in die Schlachtkammer. Sie versteckte die Tüte in ihrem Fleischwolf.

Im Stroh des Eberstalls hatte Emma einen Dollarschein verloren. Er lag hinter dem Trog, kaum zu sehen.

Hans hatte an den Holzlatten des Schuppens gezerrt und getreten, aber das Holz war zu stark. Er hatte zwischen den Saatkörnern, die dort lagerten, Werkzeuge oder Knüppel gesucht, um die Tür damit aufzubrechen. Es war nichts Brauchbares da. Ein Ausbruch konnte nicht gelingen, ihm blieb nichts anderes übrig, als diese Frau in einem günstigen Moment zu überwältigen. So wartete er auf Emma. Am Morgen noch hatte er auf ein Frühstück gehofft, gegen Mittag kamen ihm erste Zweifel, ob sie überhaupt noch kommen würde, gegen Nachmittag packte ihn das Grausen, hier verhungern und verdursten zu müssen. Sie schien ihn entweder vergessen zu haben oder ihn absichtlich hinhalten zu wollen.

Hans hatte sich zeit seines Lebens als ein Mann gefallen, der für jedes Problem eine Lösung parat hatte. Einer, der in Stresssituationen zu Höchstform auflief. Er wollte sich partout keine Verzweiflung erlauben, obwohl ihn die Panik in diesem Gefängnis so ergriff, dass er vom Schimpfen über Brüllen ins Heulen gekommen war.

Hans und Max hatten sich ihre Stärken und Schwächen aufgeteilt wie ein altes Ehepaar: was der eine konnte, versuchte der andere erst gar nicht. So war Max ständig bange, Hans nie. Max zögerte, Hans handelte. Max hatte auf diese Weise keine Gelegenheit zum Risiko gehabt, während Hans sich keine Sorgen noch Zweifel gestattete.

Als Hans die Schritte der Frau hörte, entschied er sich, ihr seine Furcht auf keinen Fall zu zeigen. Er wollte sich genauso geschickt verhalten wie bei einem hoffnungslosen Verkaufsgespräch. Endlich knüpfte er an seine alte Form an, Hans hatte wieder eine neue Priorität: Fraternisierung, Verbrüderung. So wird er das angehen hier, so kennt er sich. Nur keine Memme sein!

Emma hatte wieder das Kopftuch von Henners Mutter umgebunden und in die Stirn geschoben, sie war mit der Öllampe und einem Korb voll Bier, Wurst, frischem Brot und sauren Gurken in Hans' dunkles Gefängnis gekommen.
Der schien guter Dinge zu sein.
»Guten Tag«, sagte er deshalb betont fröhlich und innerlich zitternd.
»Bin spät dran, Tschuldigung«, krächzte Emma zurück.
Was sollte sie bloß mit diesem Typen machen?
»Sie haben einen schönen Hof, gnädige Frau.«
Emma hatte überhaupt keine Lust auf die alberne Hexennummer.
»Ich verstehe, dass Sie sich gestern Nacht über mich erschrocken haben. Ich habe mich ja auch aufgeführt wie ein Einbrecher. Da ist es nur recht und billig, wenn Sie mich einsperren.«
Emma schob ihm das Essen unter dem Türgitter seines Verschlages hindurch und ließ ihm die Öllampe da.
»Bitte richten Sie Max aus, er hat von mir nichts zu fürchten. Ich mache ihm keinerlei Vorwürfe.«
Er wusste also, dass Max hier ist, bei ihr. Woher? Wenn sie jetzt nicht hinausging, würde sie ihn sofort freilassen, so nett war der Kerl. Aber sie musste erst nachdenken. Ohne ein weiteres Wort verließ sie den Schuppen.

Der Mann hatte Max am Bach gesehen, das hatte er gestern schon erwähnt. Also hatte er ihn beobachtet, von irgendwo her. Heimlich, aus dem Wald. Das sollte ein Freund sein?

Der Mann, entschied Emma jetzt, blieb eingesperrt.

Hans aber fasste zusammen:

Sie sprach nicht mehr verworren. Gut.

Er hatte zu essen und zu trinken. Gut.

Um die Nerven nicht zu verlieren, sollte er sich mit etwas beschäftigen. Eine Spinne krabbelte über seinen Weg. Gut.

Am Abend des ersten Schlachttages bereitete Emma in ihrer Küche Weckewerk. So hieß eine Spezialität in dieser Gegend. Kein Schwabe, Hanseat oder Sachse hätte es verdauen können. Man löst dazu Unmengen Flomen, das frische Fett des Schweines, in einer riesigen Pfanne. Röstet Zwiebeln und Speck und gibt Schmand dazu. Als Beilage reicht man hausgemachte Kartoffelklöße.

Max fühlte sich ausgeruht, er wollte sich wieder nützlich machen. Es hatte ihm gefallen, mit dem Schlachtbeil ein Schwein zu teilen. Eine ähnliche Axt fand er beim Holzklotz. Die nahm er in beide Hände und schwang sie hoch und runter; es war eine schwere Axt, ein scharfes Werkzeug.

Max legte vorgesägte Holzscheiben auf den Klotz und schlug zu. Am Anfang verfehlte er das Holz, oder seine Hiebe waren zu schwach. Seine Kraft reichte nur für drei oder vier Versuche, dann musste er sich ausruhen. Aber je länger er übte, desto häufiger gelang es, und schließlich hackte Max tatsächlich Holz. Er trug die Scheite zum Badehaus und stapelte sie.

Dann machte er sich an Emmas Mofa zu schaffen. Emma wird sich freuen, dachte er.

Es war schon dunkel, der Veterinär mit der Schweineblase hatte das Tier untersucht und freigegeben, als Emma nach diesem harten Arbeitstag ihre Zündapp zur Straße hochschob. Sehnsüchtig gab sie Gas, ließ die Maschine warm laufen. Sie war spät dran, hier ging man früh schlafen. Nun erwachten die Dorfbewohner von dem Motorengeräusch, saßen aufrecht in ihren Betten und fragten sich: »In der Nacht? Wieso jetzt in der Nacht?«

Der Kartoffelbauer griff hinüber zu seiner dicken Berta: »Na, mein kleines Spätzchen, wie wär's mit uns beiden?«

»Du hast sie wohl nicht alle?«, keifte sie zurück. »Heut ist doch nicht Samstag!«

Emma beschleunigte. Nichts. Sie beugte sich vor, streckte die Arme, machte den Rücken steif. Nichts. Sie war an den Tannen angelangt, wendete. Und beschleunigte erneut. Nichts tat sich.

Fühlte sie die Vibration nicht mehr, weil der Mann im Haus war, oder war das Mofa kaputt? Emma wagte noch ein paar Teststrecken, fuhr hin, fuhr zurück, und musste schließlich aufgeben.

Henner nahm an, Emma sei eine einzige Strecke nicht mehr genug. So wie bei Süchtigen, deren Dosis sich von Mal zu Mal erhöhen musste. Er machte sich Sorgen um Emma, große Sorgen. Es wurde Zeit, dass etwas geschah. Es wurde wirklich Zeit. Er stand auf, mitten in der Nacht. Und ließ die Badewanne einlaufen. Seine Mutter erschien mit zerzausten Haaren in der Badezimmertür, steckte sich eine Zigarette an und fragte:

»Is heute Samstag?«

Henner schwieg, er hatte keine Lust, ihr etwas zu erklären. Die Bäckerin lag wach und wusste, dass Emma auf dem Mofa keine Erleichterung mehr fand. Das ging ihr runter wie Backfett. Vor Wonne darüber, dass sie ordentlich verheiratet war, griff sie nach dem Bäcker und setzte ein viertes Kind an.

Emma schob die Zündapp frustriert zurück auf den Hof. Trat vor Wut kräftig gegen einen Plastikeimer, der im Weg stand und traf ausgerechnet auf Max. Der stand im Hof und fragte sie, ob es jetzt besser sei.

»Was besser?«, keifte sie.

»Ich hab es repariert, es vibrierte so stark.«

Max konnte sogar im Dunkeln sehen, dass Emma regelrecht aus ihren Haaren dampfte. Hysterisch schrie sie, drohte mit der Hand, als wolle sie ihn schlagen:

»Wenn das nicht wieder in Ordnung gebracht wird, dann setzt es was.«

Dann stapfte sie wütend davon.

Max verschwand kopfschüttelnd im Badehaus. Er hatte Dank erwartet, aber diese Frau reagierte immer völlig verkehrt.

Emma tat, was unerfüllte Leidenschaft bei Frauen anrichtet: Sie schlang eine Portion Weckewerk mit etwa viertausend Kalorien herunter. Das brachte ein wenig Erleichterung. Sie gab auch Hans etwas davon. Der futterte es gierig: »Das Zeug hat mehr Cholesterin als zwei Zentner Rührei, aber es schmeckt leider gut.«

»Was war denn das für Geld, das Max gestohlen hat?«

Hans bemerkte, dass sie nicht fragte, *wie viel* Geld Max gestohlen hatte, sondern *was* für welches. Sie musste also etwas wissen.

»Dollar, amerikanische Dollar.«

»Wie viel ist ein Dollar in Euro?«

»Im Moment? Genauso viel wie ein Euro.«

»Wo tauscht man so was?«

Sie hatte das Geld!

»Auf einer Bank. Aber das Geld, das Max hat, sollte man besser nicht tauschen. Es ist nämlich aus einer Bank gestohlen. Registriert. Jeder einzelne Schein.«

Das war eine glatte Lüge. Es stammte in Wirklichkeit aus dem Erlös von Pelzen, die der Weißrusse geschmuggelt hatte.

»Was bedeutet registriert?«

Sie hatte das Geld, ganz sicher!

»Die Nummern auf den Geldscheinen kennt jede Bank. Wenn man hingeht und es umtauschen will, wird man verhaftet. Weil man gestohlenes Geld besitzt. Dann geht die Fragerei los.«

»Ach je! Und was kann man da machen?«

»Ich würde es einem geben, der sich damit auskennt. Der weiß, was man damit macht. Von dem bekomme ich vielleicht dreißig Cent für einen Dollar.«

»So wenig?«

»Tja, so ist das leider. Aber dafür wird man nicht verhaftet.«

Emma war müde.

»Gute Nacht.«

»Gute Nacht. Sie wissen, dass ich Hans heiße. Wie heißen Sie?«

»Emma.«

»Gute Nacht, Emma.«

»Nacht, Hans.«

Fraternisierung Stufe zwei erfolgreich abgeschlossen. Freiheit in Sicht, Nerven behalten. Er vertrieb sich die Gefangenschaft damit, die Spinne zu dressieren. Bis morgen sollte sie es schaffen, durch einen brennenden Reifen zu springen.

Emma war entsetzlich müde, als Henner auf den Hof gefahren kam, in ziviler Mission. Er trug seinen Konfirma-
tionsanzug, den er auch zu Beerdigungen aus dem
Schrank holte. Schon mit vierzehn Jahren war er so klein
und dick gewesen wie jetzt. Vor seinem Bauch hielt er
ein paar müde Astern aus seinem Vorgarten und machte
Emma wieder einmal einen gekonnt formulierten Antrag:

»Wo jetzt das Mofa nicht mehr hilft, wo du sowieso so alleine
bist, und ich dich sowieso schon so lange kenne.«

Das konnte Emma sich nicht anhören, sie konnte es einfach nicht: »Henner, du bist mein bester Freund. Lassen
wir es so.«

»Aber jetzt, wo doch dein Hof gepfändet wird?«

»Der Erste, der ihn haben will, den stech ich ab. Das weißt
du doch, Henner.«

»Deine Witze sind nicht witzig, Emma.«

Sie nahm ihm die Astern ab.

»Ich danke dir, Henner. Für alles. Du bist mein Bester.«

»Wenn du meinst ...«

»Ich hab Weckewerk, willste was?«

Der Dorfpolizist setzte sich in die Küche und schaufelte
gierig das Essen in sich hinein.

»Wie du das Schwein schlachtest, so allein! Wieso holst du
dir keine Hilfe, einen Polen?«

»Ich brauche niemand.«

»Du weißt, dass es verboten ist, wie du das machst, die
Kehle durch und so?«

Emma nahm ihm den Teller mit dem Weckewerk weg.

»Willst'n Protokoll aufnehmen, Henner? Dafür muss ich
den Tisch abräumen, sonst werden deine Papiere fettig.«

»Nein, nein.«

Henner winkte den Teller wieder zu sich und sie stellte ihn hin. Er schmatzte und redete beiläufig weiter:

»Einer hat gesagt, hier läuft ein Mann rum, auf deinem Hof.«

»Das müsste ich ja wissen.«

»Karl hat gemeint, das Auto sei angesteckt worden.«

Emma sagte gar nichts dazu.

»Was machst'n jetzt mit ohne Hof?«

»Weißte doch, Henner. Lotto spielen.«

Er schüttelte den Kopf. Er war satt und stand auf.

»Nacht, Emma. Bist 'ne prima Frau. Dein Weckewerk ist noch besser. Wenn du heiraten willst, sag mir Bescheid.«

Max aß Obst und Gemüse aus dem Garten, roh. Trank Wasser aus der Quelle. Als Emma ihm am folgenden Tag in einer versöhnlichen Anwandlung auch vom Weckewerk geben wollte, und er die Klöße in Fett schwimmen sah, musste er schon wieder einen Würgereiz unterdrücken. Er konnte Fett nicht ertragen, sein kranker Körper wehrte sich heftig dagegen. Emma aber empfand seinen Würgereiz als Angriff auf ihre Kochkünste. Beleidigt bot sie an, er solle sich selbst etwas zubereiten, aber er ertrug den Dreck in der Küche nicht.

Nun hielt er auch den Hunger nicht mehr aus. Während sie das Schwein zerschnitt, das sie einmal geliebt hatte, nahm Max sich ihre Küche vor.

Er wusch alles, putzte und schrubbte. Warf weg und sortierte. Die Arbeit befriedigte ihn zutiefst, er war ganz beglückt, als er das Holz des Esstischs frei scheuerte und blank putzte. Er sortierte Dosen und Gläser: Saures hier,

Süßes dort. Sie hatte herrliche Konserven, eingelegte saure Gurken, süß-sauren Kürbis, Zucchini, Zwiebelchen, Konfitüren. Nun sah man sie wieder und konnte sogar erkennen, was in den Gläsern drin war. Er putzte die Fenster, wusch die Rahmen, nahm die vergilbten alten Gardinen ab.

Unterdessen schnitt und zerhackte Emma die Schweinehälften, fütterte den elektrischen Fleischwolf damit. Hatte Wannen voller Hackfleisch, würzte mit Unmengen Knoblauch, Zwiebeln, Majoran, Muskatnuss, Pfeffer und Salz. Mengte und mischte mit kräftigen nackten Armen. Füllte die Wurstmaschine. Fädelte den Darm auf, drückte die Fleischmassen hinein und band die Würste rund zu. Eine Wurst und noch eine Wurst, und noch eine.

Emma musste das Geld behalten, was immer auch passierte. Sie schaute hinaus, niemand war zu sehen. Sie holte die Tüte hervor. Mit dem Geld. Jeweils einen Packen Dollar rollte sie eng zusammen wie eine Zigarre, wickelte Frischhaltefolie darum und stopfte sie in den Darm hinein, in die weiche Fleischmasse. Band die Wurst zu. Schaute es sich von außen an: Man sah nichts. Das Geld war vollständig in der Wurst verschwunden, und sie hatte es oben zugebunden. Kein Mensch würde auf den Gedanken kommen, in dieser Wurst nach Dollarnoten zu suchen. Nie und nimmer. So drehte Emma also eine Dollarzigarre nach der anderen und stopfte sie in ihre Wurst. Dutzende hing sie auf lange Holzstangen, die in der kühlen Wurstkammer an der Decke festgemacht waren. Dort trockneten sie auf traditionelle Weise an der Luft, neben den Schinken.

Nach vielen Stunden harter Arbeit hatte Emma das Schwein verarbeitet. Dieselbe Zeit hatte Max benötigt, um einen Raum im Haus vom Elend zu befreien.

Müde kam sie aus der Schlachtkammer zu ihm in die Küche. Er erwartete, dass sie sich wenigstens diesmal freuen werde. Aber diese Frau reagierte schon wieder verkehrt. Sie benahm sich, als habe er nicht alles sauber, sondern schmutzig gemacht. Schrie wie eine Furie:

»Himmelherrgott, das darf doch nicht wahr sein! Erst mein Mofa, jetzt die Küche! Was hast du gemacht? Wie sieht's denn hier aus? Wo sind meine Sachen?«

Geduldig öffnete er die Schranktüren. Alles stand da, Geschirr hier, Gewürze dort, Konserven in der Speisekammer. Max erklärte ihr ruhig, er habe nur das Gute vom Schlechten getrennt. Dieses weggeworfen, jenes sortiert und eingeräumt. Noch redete er wie ein Pfarrer zur Adventszeit.

Emma heulte: »Wer entscheidet, was gut ist und bleibt? Was schlecht ist und wegkommt? Wer?«

Max wurde nun doch lauter, ganz gegen seine Art. Er hatte es doch nur gut gemeint und nicht erwartet, dass sie so reagiert. Max wagte einen ersten leisen Widerstand:

»Was ist das für eine dumme Frage. Der Schmutz kommt weg natürlich, der Schmutz!«

»Wieso denn! Wieso?«

Jetzt tat Max etwas, was er noch nie getan hatte, in seinem ganzen Leben nicht: Er wurde richtig laut.

»Wieso? Es ekelt mich, von schmutzigen Tellern zu essen, mit Mäusen den Käse zu teilen. Den Kot einer Ratte auf dem Herd zu finden oder auf Kakerlaken zu beißen, wenn ich knuspriges Brot vermute.«

Sein ganzer Körper zitterte vor Anstrengung. Er musste sich am Tisch festhalten.

Jetzt tat Emma, was sie noch nie getan hatte, in ihrem ganzen Leben nicht: Sie hielt den Mund. Starrte ihn an, presste aber tapfer die Lippen zu. Insgeheim wusste sie, dass sie im Haus ein Schwein war. Ach was, Schwein! Die sind reinlicher als sie in ihrer Küche. Draußen hatte sie alles im Griff, aber hier?!

Max spürte ihr versöhnliches Bemühen und wurde deshalb etwas weicher:

»Ich bin hier zu Gast, ich weiß mich in tiefer Schuld, dass du mich aufgenommen hast. Es ist gut, weil sie mich suchen, und ich möchte von niemandem gefunden werden. Aber ich kann nicht nur Möhren knabbern, ich möchte etwas kochen können. Ich kann auch für dich etwas kochen, das kann ich sogar sehr gut. Aber bitte, um Himmels willen, lass mich vorher wenigstens einen Weg in Richtung Herd graben. Sonst erreiche ich ihn nicht.«

Emmas Stimme zitterte: »Graben? Du musst graben in meiner Küche?«

Max schmolz vor Mitleid dahin. Sie zitterte ja, die starke Frau.

Er sprach so sanft, als wolle er sie gleich zärtlich berühren: »Ja, graben. Nicht böse sein.«

Aber Emma verließ den Raum, ohne ein weiteres Wort.

Sie war völlig durcheinander. Nicht, weil er sie unordentlich fand, sie getadelt hatte. Nein. Es war etwas anderes: Da war plötzlich einer nett zu ihr. Und das war anstrengend. Da tat einer was für sie. Das war ihr ganz und gar unbekannt.

Wollte ihr was kochen! Das hatte nicht mal ihre Mutter getan. Die hatte gekocht, wenn sie Zeit dazu hatte, Emma musste auf den richtigen Zeitpunkt lauern, wann Essen auf den Tisch kam. Feste Essenszeiten gab es nicht. Auch keine ungefähren.

Kam sie nur fünf Minuten zu spät, hatte sie diesen richtigen Zeitpunkt verpasst. Dann war alles weggegessen von den anderen. So war das Leben hier: Der Stärkste fraß zuerst, dann das Weibchen, zuletzt das Junge. Dieser Bauernhof mit seinen friedlichen Tieren hatte wahrhaftig wilde Menschen, die bissen, fraßen, schlugen und fauchten. Niemals hatte sie sich in deren Obhut begeben können, sie wäre umgekommen.

Immer war sie allem allein ausgeliefert, jedem Unwetter allein ausgesetzt. Sie hatte nie einem anderen etwas anvertraut, aufgegeben, abgegeben. Alles war allein ihre Sache. Noch als Erwachsene hielt sie das für völlig normal. Wenn eine Dachrinne schief hing, richtete Emma sie. Wenn Ungeziefer im Schlafzimmer krabbelte, wenn der Blitz einschlug, Diebe kamen, ein Feuer wütete oder die Schweinepest sie ruinierte; wenn Wasserrohre barsten, Ratten sie plagten, eine Sau ihre Ferkel warf und Schwierigkeiten machte, immer war sie zuständig. Die Verantwortung hatte allein auf ihren Schultern gelegen und sie hart werden lassen.

Als endlich alle tot waren, als Emma befreit war vom Druck, sich täglich in Sicherheit bringen zu müssen, ließ sie sich fallen. Ließ alles um sich herum fallen. Ließ alles dort fallen, wo einst Gefahr bestand: im Haus.

Die Tasse von gestern hatte sie daran erinnert, dass es ein Gestern gab. Und ein Morgen geben wird. Wie sonst sollte sie fühlen, dass eine Woche vergangen war, wenn nicht der Schimmel sich in dieser Zeit entwickelte und wuchs? Der Dreck wurde ihr Kalender. Die Höhe der Zeitungsstapel war ihr Zeitmaß.

Emma umgab sich mit einer sanften zärtlichen Haut, die andere Dreck nannten, die wärmte und sie schützte. Diese Unordnung war ihre Innenseite, der Lageplan ihrer Seele. Aber draußen, der Garten. Das war unbelastetes Terrain, da konnte sie leben, wie es ihr behagte. Der Garten war Beweis, wie sie es eigentlich wollte im Leben. Der Zustand des Hauses war der lebende Beweis dafür, was sie nicht verwinden konnte im Leben.

Dieser Mann nun vernichtete ihren schönen Dreck. Sie verstand, dass in ihrem Haus kein Platz war für einen Zweiten, für einen Mann. Diesen Zweiten aber wollte sie haben, bei sich haben. In der Küche und auch im Bett. Sie musste ihm den Raum lassen, damit er blieb.

Mit dieser Einsicht ging sie zu Max zurück. Von draußen konnte sie ihn durch die sauberen Fenster sehen. Sie beobachtete gerührt, wie er sich mühte, ihr Gutes zu tun.

Max stand in der Küche und öffnete eine Tüte Mehl. Stellte sie offen auf den Esstisch, atmete angestrengt und kippte sie schließlich mühsam um. Das weiße Mehl staubte auf den blanken Tisch. Nun nahm er ein Ei und ließ es achtlos hineinfallen, samt der Schale. Es tropfte vom Tisch auf den Fußboden. Er wollte es gutmachen. Wieder schön schmutzig machen, nur für sie. Gerührt stand sie in der Tür und sagte:

»Vorher sah es eigentlich doch besser aus.«

Überrascht schaute er hoch.

»Es sieht überhaupt ziemlich gut aus hier.«

Max machte große Augen.

»Und ich fände es schön, wenn du was kochst für mich. Das hat schon lange keiner mehr getan. Schon sehr lange nicht.«

Er lächelte, kam näher. Sie stand immer noch im Türrahmen. Max ging auf sie zu und nahm ihre Hand. Die linke, mit der sie Schweine erstach. Er küsste ihren Handrücken, berührte dabei kaum ihre Haut.

»In einer Stunde gibt's Abendessen, ja?«

Sie nickte, putzte sich mit ihrem Ärmel die Nase und ging hoch in ihr Schlafzimmer, um sich umzukleiden.

Jetzt nicht nachdenken, über nichts nachdenken. Schön war es, Angst hat es gemacht. Maßlose Angst. Und doch unfassbar schön. Nicht denken, es ging nicht. Andere machen das doch auch. Sehen sich. Finden sich. Lieben sich. Leben zusammen. Vertrauen einander. Und trennen sich manchmal. Emma hatte solche Angst. Haben wollte sie es, aber nehmen konnte sie es kaum. Er hatte ihre Hand geküsst.

Fall nicht in die Arme eines anderen, er lässt dich fallen. Du wirst weich in seinen Händen, und dann erdrückt er dich. Bist du zart und klein, wird der andere hart und gemein.

Mach dich nicht vertraut, du machst dich sonst abhängig. Bist du abhängig, wirst du beginnen, um Liebe zu betteln. Dann verlierst du deine Würde und deinen Verstand.

Fall nicht in die Arme eines anderen, er wird dich nicht halten.

Emma war langsam in ihr Zimmer hochgegangen und hatte sich gedankenverloren vor dem Spiegel entkleidet, der an der Innenseite ihres Kleiderschrankes hing. Jetzt sah sie an sich herunter: Nackt gefiel sie sich ganz gut. Aber so konnte sie ja nicht herumlaufen. Sie wollte dennoch, dass er mehr von ihr zu sehen bekam. Wollte ihn ahnen lassen, wie schön sie war. Doch die Kittel ließen Schreckliches ahnen. Sie brauchte was anderes. Was hatte sie noch im Schrank?

Sie legte alle ihre Kittel auf ihren alten Sessel. Es waren erstaunlich viele. Erst die, die sie in den letzten fünfzehn

Jahren gekauft hatte. Dann fand sie die, die ihre Mutter getragen hatte. Und tief unten im Schrank tauchten die der Großmutter auf. Der Schrank war riesig, der Haufen bunter Kittel wuchs und schwoll an, es waren sicher über hundert. Flachsmeier und C&A hatten ein Vermögen gemacht!

Unter den Kitteln kam die Unterwäsche ihrer Großmutter zum Vorschein. Emma hatte diese Sachen noch nie gesehen. Einen weißen Unterrock zog sie heraus, der hatte oben am Kragen geklöppelte alte Spitze. Er war kurz, eine Handbreit über dem Knie schloss er ab, und auch dort saß die Spitze. Der Stoff war dünn und ließ ihre Figur durchschimmern. Sie hatte Muskeln, war stark, aber nicht plump. Sie hatte eine gute Figur. Die Haare ließ sie offen, und so sah sie um Jahre jünger aus, fast wie ein Mädchen.

Emma musste lachen. So wird sie sich nie vor seine Augen trauen, so nie! Aber sie sah gut aus, der Rock war niedlich, aus Leinen. Sicher von der Großmutter eigenhändig gewebt, den Flachs hatten sie damals hier angebaut. Emma kam sich jedoch zu nackt darin vor, sie schämte sich. Missmutig zog sie einen der alten Kittel über das Leinenhemd und ging verstimmt hinaus.

Hans brachte sie heute eine ordentliche Schlachtplatte mit frischer Leberwurst, Sülze und Bauchspeck. Auf diese Weise erfuhr er von den Schweinen und der Schlachterei. Beeindruckt bat er sie, mehr davon zu erzählen. Aber sie verschob das Gespräch auf den nächsten Tag. Sie wolle noch Wäsche aufhängen und ihr eigenes Essen warte.

Der Gefangene aß genüsslich und gab auch der Spinne etwas von der Leberwurst ab. Seine chronischen Kopfschmerzen waren seit zwei Tagen verschwunden. Sollte die Gefangenschaft für ihn zu einer Art Kur geworden sein?

Bad Schwarzdunkel. War das ein neuer Trend, ein Event gar? Ein Retreat, nicht Meditieren und Schweigen, sondern im Dunkeln hocken. Er musste darüber nachdenken. Das könnte man vielleicht vermarkten.

Hans war noch nicht im Glück, er wartete auf das Entscheidende, seinen großen Coup. Der musste kommen, er war sich dessen sicher. Aber wann? Aber was? Er hatte auf Aktien gesetzt, die fielen. Auf Pferde, die lahmten und auf Frauen, die ihn nicht liebten. Wenn Hans in den Süden fuhr, regnete es. Wenn er seinen Lottoschein vergaß, wurden seine Zahlen gezogen. Hans sah darin keine schwarze Serie, sondern war sich hundertprozentig sicher, dass die statistische Wahrscheinlichkeit, er werde bald sehr großes Glück haben, von Mal zu Mal stieg.

War es so weit? Es waren nicht allein die antiken Gerätschaften, er war einer total neuen Idee auf der Spur. Das hier war keine Geiselnahme, schoss es Hans durch den Kopf. Nein, das hier war eine Zäsur. Das Schicksal. Er musste nachdenken über Bad Schwarzdunkel. Herrlich, so ganz ohne Dagmar.

Im Garten spannte Emma die Wäscheleine und hängte Laken neben Laken. Es war früher Abend, aber noch heiß, zu heiß für einen Kittel und einen Unterrock. Geschützt hinter den großen Wäschestücken zog sie den hässlichen bunten Kittel wieder aus, der Wind kühlte ihre Haut und wehte um das dünne Leinenhemd der Großmutter. Der Sommer war schön und ihre Laune besserte sich.

So fand Max Emma. Undeutlich sah sie ihn durch die Laken schimmern, sah, wie er immer näher kam. Sie schaute an sich herunter, schämte sich. Jetzt stand er hinter der Wäsche, die sie eben aufgehängt hatte. Die Wäscheleine hing sehr hoch, so dass er nichts sehen konnte. Aber da oben erschien seine Hand und drückte die Leine etwas hinunter. Sein Kopf tauchte unversehens auf. Er musterte Emma. Sie wurde puterrot.

Max sagte freundlich: »Ich hab Ratatouille gemacht, einverstanden?«

Sie nickte. Was immer das war.

Er lächelte, zeigte auf den Unterrock ihrer Großmutter: »Das sieht sehr nett aus. Ich werde mir im Schrank deines Vaters ein Jackett suchen, wenn ich darf. Sonst passen wir bei Tisch nicht zusammen. Ja?«

Sie nickte.

Fall nicht in die Arme eines anderen,
er lässt dich fallen, dich Arme.

»In zehn Minuten können wir essen.«

Er ging.

Das Geld, sie musste es behalten, was immer auch passierte. Und wenn der noch so nett wird, sie wird sein Geld behalten.

So aßen sie miteinander.

Er sagte, es sei schade, dass sie nur einen Fernseher habe, aber keine Stereoanlage. Dann hätte man Musik zum Essen hören können.

Emma hatte noch nie Musik zum Essen gehabt.

»Was hört man denn da so zum Essen?«

»Händel wäre ganz schön.«

»Aha.«

Klein kam sie sich mit einem Mal vor, sie kannte keinen Händel. Fremd war sie in ihrer eigenen Küche, mit diesem komischen Essen. Außer Gemüse war nämlich nichts da.

Heute war Schlachttag, und bei ihr gab es nichts Vernünftiges zu essen. Na ja. Er küsste auch keine Hände mehr. Hungrig ging Emma zu Bett, doppelt hungrig.

Hans war ganz anders als Max. Er gefiel ihr fast besser, war einfacher, sprach nett mit ihr. Ihm schmeckte ihre Wurst ausgezeichnet, und Emma war stolz darauf. Schnitt ihm Stück um Stück ab, und gemeinsam futterten sie in der Dunkelheit. In der einen Hand ein Stück frisches Roggenbrot aus Sauerteig, in der anderen ein Stück Wurst.

»Himmlisch«, schmatzte Hans. Die Fraternisierung machte große Fortschritte. Noch war Hans gefangen und sie hatte die Schlüssel, noch war ein Gitter zwischen ihnen, aber Emma hatte Vertrauen zu ihm gefasst.

Als er hörte, wie billig sie ihre Wurst verkaufte, schüttelte er den Kopf. Der Preis war zu niedrig. Viel zu niedrig. In Italien, erzählte er, gibt es Würste, fast so gut wie Emmas, die kosteten dreimal so viel. Und die französischen erst mit Fettaugen drin und Knorpel, igitt. Und teuer! Ach und die Engländer, ob sie schon mal deren Würste gegessen habe? Nein? Papier ist da drin, die machen Würste, da ist Papier und manchmal sogar Stoff mit verarbeitet. Emma schüttelte sich vor Lachen. Hans kicherte. Natürlich war kein Stoff in den englischen Würsten, aber er mochte die englischen Fußballfans nicht, da hatte er sich das so ausgedacht mit den englischen Würsten.

Sie erzählte ihm von den Schweinen, von den Preisen, den Marktbedingungen. Und schließlich sogar von der drohenden Zwangsversteigerung. Hans saß im dunklen Gefängnis bei Kerzenschein, hatte von ihr Papier und Stifte

bekommen und arbeitete an einer neuen Unternehmens-
strategie für ihren Hof.

»Die Schweine laufen frei herum?«

»Ja, auf einer Wiese.«

»Wie viel Quadratmeter hat denn so ein Schwein zur Ver-
fügung?«

»Für was?«

»Zum Rumlaufen, zum Leben.«

»Ach, hm, das ist schwer zu sagen. Viel halt. Die leben
nicht auf Quadratmetern, die spazieren vom Bach zur
Suhle unter der Eiche, dann zurück in den Stall. So.«

»Ich sag mal zehn Quadratmeter pro Tier. Ja? Und ein
Bach, eine Suhle. Natur, ja? Und eine Gemeinschaft, unter
der Sonne? So etwa, nicht?«

Hans notierte und skizzierte und Emma staunte über seine
banalen Fragen.

»Und sonst?«

»Nix, ich hab sie gern.«

»Inwiefern?«

»Och, ich rede mit jedem, streichle es.«

»Alle?«

»Jo.«

»Wie oft?«

»Jeden Tag.«

»Jeden Tag werden die Tiere gestreichelt und man spricht
mit ihnen?«

»Jo.«

»Das ist ja irre, das glaubt mir ja wieder mal kein Mensch.«

Hans notierte und notierte, und sagte Sachen wie »Super!
Suuuper! Frei laufend. Glücklich.«

Überlegte konzentriert und kringelte zwei Worte dick ein:
Glückliche Schweine. Dahinter schrieb er *happy pigs.*

»Weiter, was dann?«

»Wenn sie schwer genug sind, werden sie geschlachtet.«

»Wo?«

»Hier.«

»Wie? Bitte haargenau, jedes Detail.«

Und Emma erklärte ihm genau, wie sie es tat. Er verstand es, er lobte sie.

»Ist das so besonders?«, fragte Emma.

»Natürlich ist es das, Emma. Sehr anständig, wie du mit den Tieren umgehst. Das ist eine eigene, eine ganz neue Methode. Das ist eine Erfindung, ja. Du hast eine richtige Erfindung gemacht. Bravo!«

Emma lief rot an und murmelte ein Danke. Sie sollte ihn jetzt freilassen. Sagte du, wie ein Freund. Er hatte sie gelobt. Wer hatte das je getan? Ihre Hand rutschte in die Kittelschürze, hielt den Schlüssel. Hans wartete gespannt, tat, als sei er ganz mit der neuen Idee beschäftigt. Notierte etwas. Aber sie ließ den Schlüssel wieder los. Wagte es nicht, Hans zu befreien.

Er half ihr: »Ich bin ja fast froh, hier in Ruhe nachdenken zu können. Keine schlechte Idee, mal ganz ungestört arbeiten zu können.«

Max hatte in der Nacht entsetzliche Schmerzattacken. Sein gesamter Bauchbereich schien zu brennen. Seine Beine waren stark geschwollen und drückten ihn wie mächtige Gewichte nach unten. Ketteten ihn auf sein Lager, er konnte sich kaum bewegen. Erst im Morgengrauen schlief er völlig erschöpft ein.

Am folgenden Tag fühlte er sich körperlich besser, aber

sein Gemüt war so ernst und nüchtern geworden wie ehedem. Er musste diesen Hof verlassen, und zwar so schnell es eben ging. Ihm schien, Emma war ein bisschen verliebt in ihn, aber er glaubte, das sei jetzt nicht mehr das, was er anfangen sollte, eine Liebe. Kurz bevor ... er war ja schon halb tot, da konnte er nicht eine Frau an sich binden, Hoffnungen wecken, wo keine Hoffnung mehr war.

Er konnte die fette Wurst nicht ertragen, die Emma ihm anbot. Fett ekelte ihn, sie aber glaubte, ihm schmecke ihre Wurst nicht. Gemüse konnte er essen, Salate. Aber kein Schweinefleisch. Er kann ihr doch nicht zumuten, einen kranken Mann sterben zu sehen. Er wird in die Schmerzklinik gehen müssen, wie vom Arzt empfohlen. Aber er wollte Emma keine Erklärungen geben, sich nicht von ihr verabschieden. Was sollte er schon sagen? Sie kannten sich ja kaum.

An diesem Tag beriet sich Emma im Schuppen mit Hans. Seine Idee hatte Konturen angenommen, er wollte ihr Manager werden, Verträge machen. Telefonieren, mit Amerika! Begeistert erläuterte Hans ihr seine Idee, was man aus ihrem Hof machen konnte, aber Emma verstand ihn nicht. Er behauptete, er könne sie reich machen, aber sie glaubte ihm nicht. Sicher wollte er nur raus aus seinem Gefängnis. Sie würde ihn ja auch lassen. Vorher aber legte Emma noch ein gutes Wort für Max ein.

»Er ist bei mir auf dem Hof, und ich mag ihn so sehr.«

»Max hat was mit einer Frau, das ist ja mal was ganz Neues.«

»Und es tut ihm so Leid, dass das Geld verbrannt ist.«

»Emma«, lächelte Hans in bester Schauspielermanier, »was sind schon fünfzigtausend Dollar?«

»Nichts?«

»Wir beide verdienen doch bald viel mehr!«

Emma konnte es kaum glauben. »Du bist ihm nicht böse?«

»Ach was.«

»Dann lass ich dich jetzt raus, ja?«

»Ja, Emma.«

Hans schaute sie vertrauensvoll an. Emma redete sich ein, immerhin sei er ja ein Freund von Max, da würde er doch zu seinem Wort stehen. Oder? Es war ein Risiko und Emma hatte keine Ahnung von Stadtmenschen. Hans war doch die ganze Zeit nett zu ihr gewesen. Hatte ihr nicht einmal einen Vorwurf gemacht, dass sie ihn tagelang eingekerkert hatte. Deshalb nahm sie jetzt ganz ruhig den Schlüssel aus der Kittelschürze. Hans tat so unbeteiligt wie möglich. Er stand auf und klopfte sich den Schmutz von der Kleidung, während sie das Schloss öffnete. Kaum aber war die Tür auf, packte er Emma, hielt seinen Arm unter ihren Hals und drückte zu.

»Du Luder, du.«

Der Schock saß tief, Emma bereute ihren Schritt sofort. Was hatte sie getan? Wie dumm von ihr! Natürlich wollte er das Geld!

Hans hielt sie am Arm fest, drehte ihn um. Emma schrie auf vor Schmerz. Hans schubste sie in den Schuppen und schloss ab. Emma starrte ihn an, bekam kein Wort heraus. Seit sie allein auf dem Hof lebte, hatte sie keiner mehr so zu packen gekriegt. Sie war total verstört.

»Irgendwo da draußen«, hörte sie Hans mit gepresster Stimme sagen, »wartet ein krimineller Weißrusse auf mich, der hat eine Mordswut auf mich: Ferrari futsch, Geld weg. Der macht mich fertig, wenn er das Geld nicht wiederbekommt.«

Emma wollte sprechen, ihm das Geld in den Würsten zurückgeben, aber ihre Stimme versagte.

Dieser Schuppen war oft ihr Kerker gewesen. Wenn sie den Henkel einer schäbigen Tasse abgebrochen hatte, wurde sie für Stunden hier hineingeworfen. Wenn der eklige Nachbar sie auf den Schoß genommen hatte und sie sich widersetzte. Wenn die Großtante zu Besuch gekommen war und Emma keinen albernen Knicks gemacht hatte, wenn sie der Mutter nicht geholfen, wenn sie die Milchkanne umgeworfen, wenn sie einfach nur da gewesen war oder gerade mal *nicht* da gewesen war, hatte man sie zur Strafe in den Schuppen geworfen.

Sie war aber kein Mädchen mehr. Langsam stand Emma auf. Nahm Anlauf und rammte ihren muskulösen Körper mit aller Kraft gegen die Tür. Nichts.

»Mach auf!«, brüllte sie.

»Ich habe Tage darin gesessen.«

»Ich will hier nicht sein«, weinte sie.

»Ich wollte das auch nicht.«

Max verabschiedete sich vom Hof. Auf einen Holzstock gestützt ging er in Emmas Küche, in ihr Schlafzimmer. Strich über ihr Bett, ihre Kittel. Einen Raum nach dem anderen schaute er sich noch einmal an, um sich von Emma zu verabschieden. Und je mehr er sich von ihr zu lösen versuchte, desto heftiger sehnte er sie herbei. Die Furcht, sie zu verlieren, war verschwunden. Weil er sie ganz sicher verlieren würde. Sie war total verrückt, aber etwas so Besonderes.

Weshalb, fragte er sich, sollte er gehen, wo er doch sowieso gehen würde. Es war doch nur noch eine Frage von Wochen.

Weshalb versagte er sich das? Er hatte sich doch alles bisher versagt, wieso auch noch im Tod? Es war doch alles gleichgültig geworden. Wieso noch Skrupel, wo der Tod so skrupellos kam? So ungerecht früh. Das Leben ist zu kurz, um Skrupel zu empfinden.

Hinter den Hühnerställen lagerten die Futtermittel, dahinter hörte er Stimmen. Emma? Er öffnete die Tür, sah Hans und Emma.

»Hans! Was machst du hier? Emma ...?«

Hans hatte sich vorgenommen, Max zusammenzuschlagen, sobald er auftauchte. Aber selbst in dieser Dunkelheit sah er, wie schlecht Max aussah. Krank. Regelrecht elend. Deshalb fragte er nur:

»Wieso hast du mich bestohlen? Du weißt doch genau, was der Weißrusse ...«

Max unterbrach ihn: »Nicht hier. Lass Emma raus, sofort!«

Hans zog den Schlüssel aus der Hosentasche: »Das Geld?«

»Bekommst du, irgendwie.«

Hans öffnete den Verschlag, Emma starrte ihn an. Er hatte sie geschlagen. Endlich kam die Wut zurück. Sie packte ihn am Kragen:

»Wenn du mich noch einmal ...!«

Versöhnlich reichte er ihr die Hand und versicherte:

»Wir sind quitt, okay?«

Max legte seinen Arm um Emmas Schulter und führte sie hinaus aus dem Stall. Er bemerkte, wie sie zitterte.

Emma sollte sagen, dass sie das Geld genommen hatte. Aber dann würde sie Max verlieren. Sie hatte zu lange geleugnet. Also sagte sie auch jetzt nichts.

Weil Hans seit Tagen keine Sonne gesehen hatte, musste er die Augen zusammenkneifen, als er in die Freiheit kam.

Max wollte allein mit ihm sprechen, deshalb führte er Hans zur Veranda des Badehauses. Dort erklärte er ihm, dass das Geld während des Unfalls verbrannt sei. Hans hielt das für undenkbar.

»Weshalb sollte ein Auto in Brand geraten, nur weil es die Böschung herunterfällt? Dazu noch bei Regen?«

»Ich habe es nicht mehr, ich schwöre es.«

»Emma hat es.«

»Nein, sie hat es nicht. Es kann nur verbrannt sein.«

Hans wusste, dass Emma es hatte.

Max bot Hans als Wiedergutmachung seine Lebensversicherung an.

»Na klasse. Warten wir vierzig Jahre, bis du stirbst.«

Max nuschelte was von Wochen, kaum zu verstehen. Aber diesmal hörte Hans hin, er war bestürzt.

»Weiß sie es?«

»Nein.«

Die beiden Freunde kannten sich ein Leben lang und hatten sich nie angefasst. Nun klopfte Hans liebevoll den Rücken seines Freundes und nahm ihn in den Arm. Max weinte sich nun hemmungslos an dessen Schulter aus.

»So schlimm? Vom Unfall?«

Max schüttelte seinen Kopf: »Vorher schon.«

»Und wozu das Geld?«

»Ich hatte ..., wollte weg.«

»Ich hätte dir doch geholfen.«

»Was wäre gewesen, wenn nicht?«

»Och ne, Max! Nicht schon wieder!«

Hans drückte Max noch einmal, fast zärtlich.

»Jetzt küss mich nicht auch noch«, frotzelte der mit letzter Kraft und lachte sogar ein wenig.

Hans schenkte Max zum Abschied eine Lüge:

»Mach dir keine Sorgen. Das Geld ist verbrannt, weg ist weg.«

»Nimm die Versicherung.«

»Du kannst mich mal.« Hans lächelte dabei.

Der große Eber war auf der Wiese, dieser gefährliche Bursche. Max ging in den Stall, setzte sich erschöpft ins Stroh. Er wäre so gern hier geblieben, bei ihr. Wieso blieb er nicht einfach? Er sah an sich herunter, streichelte sich steif und lächelte scheu. Noch war er nicht zu krank dafür. Weshalb es nicht doch mal mit einer Frau versuchen? Er war auf ihren Hof gefallen, hatte eine Frau kennen gelernt, die eher einem Tier glich, und dennoch warmherziger war als jeder Mensch, den er je getroffen hatte. Max sah Emma vor sich im weißen Unterkleid der Großmutter, beglückte sich bei diesem Bild vor Augen und schlief darüber im Stroh des Ebers ein.

Emma holte zwei Flaschen Bier, Hans das aufgeladene Handy. Beide gingen in Emmas Strohversteck und öffneten das Scheunenfenster. Genüsslich streckte er sich aus, schauspielerte schon wieder. Mit keiner Miene und keinem Wort ließ er sich anmerken, was mit Max los war.

Mit zwei Bier feierten sie Freiheit und Versöhnung. Dann telefonierte Hans:

»Hallo Jim, Hans speaking. Hilfinger, Germany. Yes, right. I've got a marketing idea, extraordinary, I tell you. Yes. Absolutely new. No, you never heard.

Listen: You eat eggs, for example. And all people want to have eggs from happy chickens. Animals, who can walk around and have nice air, fresh wind, on a farm, something like this. You understand?«

Emma verstand kein Wort. Auf diesem Hof sprach keiner Englisch und im Dorf auch nicht. Es ist auch noch nie einer gekommen, der das sprechen wollte. Nur Flachsmeier ließ mal ein paar Worte Italienisch hören und wurde sentimental dabei. Aber Emma hörte Hans gern zu, was immer der da redete.

»Here is someone, a woman, who has got pigs. She makes sausages made from her pigs. Really good ones. But, listen, the pigs, the animals have a better life than you and me. You understand? They can walk around, she speaks to them, touches them, loves them. Happily pigs, you realize? Then she kills them easily, they don't have any stress, nothing. Not like others who are screaming and crying. They don't have fear. They, let's say, also die happy. Do you understand? No?«

Jetzt wurde Hans etwas lauter, als verstehe sein Gegenüber ihn schlecht:

»I don't care about pigs. But their meat is much better. Yes! So my idea is, to sell every kind of pork made from those happily pigs, and we call it, listen: Happy pork. You got it, Jim? We have to make sure to have the worldwide rights for *Happy pork*?!«

Hans lachte, und sein Gesprächspartner in Amerika schien auch zu lachen. Aufgeregt war Hans, immer wieder sagte er *happy pork* und *worldwide rights*, und lachte und lachte. Bis dann sein Akku wieder mal leer war.

Er umarmte Emma heftig, drückte sie.

»Wir werden reich, du und ich. Max und Jim. Reich. Haha! Reich. Jim sagt, da ist viel zu holen. Viel!«

Emma wusste, es lag daran, dass der arme Mann so lange eingesperrt war, das war es, nichts anderes. Er tanzte wie ein Indianer auf dem Kriegspfad und rief:

»Scheiß auf Weißrussland, scheiß auf Ferrari. Scheiß drauf«, und setzte sich wieder. »Ich will nach Hause, muss mich drum kümmern. Ich mache alles fertig, Verträge und so weiter. Ja? Und wenn es so weit ist, komme ich zurück, ich brauch nur ein paar ..., ich brauche Zeit.«

Emma nickte, nur um ihn zu beruhigen. Sie war ja auch oft nervös, aber der Kerl hier? Zum Schluss fiel ihm noch ein:

»Und Bad Schwarzdunkel, das lasse ich auch schützen, in einem Aufwasch! Suuuper.«

Hans' Wagen, mit dem er Tage zuvor gekommen und den er an der Straße abgestellt hatte, war verschwunden. Abgeschleppt. Also bestellte er ein Taxi an den Kilometerstein 52,5 der Bundesstraße 7 Richtung Norden. Die Frau in der städtischen Taxizentrale traute seinem Auftrag nicht:

»Wo soll das sein? Ist ein Name an der Tür?«

»Das ist ein Kilometerstein, gnädige Frau. Da wohnt niemand.«

»Noch kein Mensch war da, von wo Sie abgeholt werden wollen, noch nie.«

Die Anfahrt war der Taxigenossenschaft zu riskant.

Emma meinte, sie habe in ihrer Gegend noch nie ein Taxi gesehen. Sie wisse gar nicht, wie so was aussehe. Sie fahre ihn selbst in die Stadt. Und erschrak vor ihrer eigenen Courage; sie war doch noch nie dort gewesen.

»Womit fahren wir?«, fragte Hans.

Der Motorfreund Hans tuckerte mit einer Spitzengeschwindigkeit von fünfundzwanzig Stundenkilometern auf dem harten Beifahrersitz eines uralten Traktors. Mit einer Hand musste er sich krampfhaft festhalten, weil die Maschine hopste und schaukelte. Mit der anderen hielt er das Ferkel, das Emma ihm partout hatte schenken wollen – als Wiedergutmachung für das Eingesperrtsein. Ein kleines süßes Ferkelchen, das nun an seiner Seite saß und sich den Fahrtwind in die Schnauze wehen ließ.

Dagmar stand an der gläsernen Tür des noblen Autohauses Hilfinger, als die neue Eroberung ihres Chefs nach zwei Stunden Fahrzeit mit ihrem Traktor in den Hof geknattert kam. Die letzten unbeschwerten Arbeitstage hatte sie genutzt, alle Frauenzeitschriften der Woche zu studieren.

Nun sah sie ein Gefährt auf den Hof kommen, das ganz dem angesagten Landhausstil entsprach. Das Blaugrün des Hemdkleides der Dame korrespondierte kontrastreich, aber tadellos mit dem gelb-weiß getupften Kopftuch. Der Teint des Models war frischluftmattiert, das Make-up hauchdünn aufgetragen, um den natürlichen Eindruck zu verstärken, und die Gummistiefel waren dem englischen Jagdstil entlehnt. Das i-Tüpfelchen des Ganzen war ihr Chef Hans. Der stieg vom Traktor, winkte, und fort war das Model. Hans kam mit einem Ferkel im Arm auf sie zu.

»Na, du hast ja e Ferkelchen!«, quiekte Dagmar. »Des ist ja wirklich ein Sauferkel, ein ganz klein's. Nein!«

»Ja«, lächelte Hans, »ich hab ein Schwein.«

Max kam ihm in den Sinn, und wehmütig sagte er mehr zu sich als zu Dagmar: »Ja, ich hab Schwein gehabt.«

Dagmar verzog die Nase. »Du riechst aber streng.«

Das war eine starke Untertreibung, denn in Wirklichkeit stank Hans fürchterlich, er hatte sich tagelang nicht gewaschen. Das Ferkel tat sein Übriges.

»Ach, siehst du«, sagte Hans, »zum Waschen bin ich gar nicht gekommen.«

Noch Wochen danach malte Dagmar sich aus, was das wohl für Tage waren, die der Hans mit der Traktoristin und dem Ferkel erlebt haben musste. Schlimmste schönste Bilder spukten in ihrem Kopf herum, ihre Fantasie strich durch Wald und Flur und erfüllte ihre süßesten Träume mit neuen Höhepunkten. Dagmar kaufte ihrem Hasi eine Lodenjacke, aber das half kaum.

Emma hatte auf der Traktorfahrt geschwätzt und gelacht und insgeheim vor Angst gezittert. Die Stadt, wahrhaftig die Stadt, und sie mittendrin. Herrgott, weshalb so ein Bammel? Es ging doch, die Straße war asphaltiert wie ihre eigene auch. Und wenn man nicht weiterwusste, konnte man anhalten und fragen. Außerdem, so verwirrend, wie sie immer befürchtet hatte, so verwirrend war die Stadt gar nicht.

Hans hatte ihr eine Riesenfreude gemacht. Er hatte sie vor einer richtigen Mohrenkopffabrik aus rotem Backstein anhalten lassen. Hundert Stück hatte er gekauft, in einem Karton. Ganz frische zarte Mohrenköpfe, die auf der Zunge schmolzen. Die hundert Dinger würde sie ganz allein verdrücken, das könnte endlich der Beginn ihrer Trümmerfraukarriere werden!

Als Emma vom Autohaus wegfuhr, stopfte sie schnell den zwanzigsten Mohrenkopf in sich hinein, sie war berauscht vom Zucker.

Geschäfte gab es in der Stadt, Menschen. Autos. Busse. Riesige Kreuzungen, die sie jetzt nicht mehr schreckten.

Als Emma über die letzten Kreuzungen fuhr, hupte sie. Sie spürte, sie hatte keine Angst mehr! Sie lachte über sich selbst, stellte sich beim Fahren auf und reckte den rechten Arm hoch, als habe sie gerade einen Sieg errungen. Sie schrie ihre Freude heraus wie eine temperamentvolle Italienerin, die nach einem gewonnenen Fußballspiel im Korso mit wehender Fahne durch die Innenstadt fuhr. Übermütig bewarf sie Passanten mit Mohrenköpfen und schrie dabei vor Vergnügen. Es bewegte sich was. Emma war in der Stadt.

Max hatte den Dollarschein gefunden! Während seines Erschöpfungsschlafes hatte er das Stroh neben dem Trog aufgewühlt. Den Schein hatte er entdeckt, als er die Augen aufschlug. Nur ein Zipfelchen lugte hervor, rankende grüne Blätter um eine Zahl, direkt vor sich. Hans hatte Recht gehabt.

Er musste sich auf den Trog des Ebers setzen und nachdenken. Ihm war speiübel. Er hielt den Schein in Händen, drehte und wendete ihn. Es gab keine andere Erklärung. Es gab nur die eine Wahrheit. Die Vorstellung, dass das Geld verbrannt war, wäre ihm lieber gewesen. Die Illusion, diese Frau habe ehrliches Interesse an ihm gehabt, war verflogen.

Nach langem Überlegen steckte er den Schein in die Hosentasche. Er hatte Schmerzen, besonders im Magen. Plötzlich überfielen ihn starke Blähungen, er furzte laut und lange. Zum Glück war er allein und dazu in einem Schweinestall, als es geschah. So etwas war ihm noch nie passiert. Seine Beine schmerzten. Aber es half nichts, er musste sein Geld wieder finden, das eigentlich Hans gehörte.

Max suchte den ganzen Hof ab, wühlte in Emmas Schränken und Schubladen, unter ihrer Matratze, im Backofen.

Im Spülkasten der Toilette, in Töpfen und hinter Pfannen, im Fleischwolf, im Geräteschuppen, zwischen Würsten und Schinken, in Milchkannen und im Stroh. Bei der Sau, zwischen den Ferkeln.

Ihr Haus war eine Katastrophe, hier gab es tausend und eine Möglichkeit, eine Plastiktüte zu verstecken. Er würde das Geld nie finden, niemals!

Fast war es hier schön gewesen, mit Emma. Aber das Auto war nicht von allein in Brand geraten, sie musste es angezündet haben, das Biest. Damit er glaubte, das Geld sei verbrannt. Dieses Aas. Hatte er das Schimpfen von ihr gelernt? Die Wut?

Jetzt aber versagten seine Kräfte, er konnte sich gerade noch auf die Veranda des Badehauses schleppen, da sackte er zusammen und erbrach sich. Sein lautes Würgen scheuchte selbst die Hühner auf. Mit großen und schnellen Schritten kam der Hahn. Blieb neben ihm stehen und beobachtete nervös, was da passierte.

Max übergab sich oben und unten schiss er, ein Durchfall schüttelte ihn gleichzeitig. Mal hielt er sich am Geländer fest, mal beugte er sich vor Erschöpfung darüber, doch seine Körpersäfte kamen durch jede Öffnung. Tränen flossen, und vor Anstrengung lief ihm der Schweiß aus allen Poren. Als das Würgen und Drücken nachließ, blieb er gekrümmt am Boden liegen, in allem, was er ausgeschieden hatte. Schnappte nach Luft, völlig erledigt.

Er konnte nicht mehr weg, es war zu spät, er konnte nirgendwo mehr hin. Was sollte er nur tun?

Langsam versuchte er sich aufzurichten. Stehen ging nicht. So kroch er auf allen vieren aus dem Dreck ins Badehaus zurück, wo er unter großen Mühen und mit Schmerzen im Bauch die Hose und das Hemd auszog. Wieder brach er zusammen, doch irgendwann gelang es ihm aufzustehen und mit letzter Kraft die kotige Unterhose vom Leib zu streifen. Dann fiel er, so schmutzig wie er war, in seine Decken und schlief sofort ein.

So fand ihn Emma, als sie aus der Stadt zurückkam. Sie sah den Kot und das Erbrochene auf der Veranda und begann sich große Sorgen um ihn zu machen. Wegmachen würde sie es nicht; sie wusste, er würde sich später schämen. Und das wollte sie ihm nicht antun.

Den Abend und die ganze Nacht hindurch lag Max regungslos auf seinem Lager. Am frühen Morgen weckte ordnungsgemäß der Hahn, und ausgerechnet bei Max hatte er Erfolg.

Der war jetzt wieder ein wenig bei Kräften, zumindest so viel, dass er sich waschen und die Veranda säubern konnte. Er zog die Bettwäsche ab und versteckte sie in einer Truhe, zusammen mit seinen schmutzigen Sachen. Die zu waschen, fehlte ihm jetzt noch die Kraft.

Emma hatte alles von weitem beobachtet, jede Bewegung in und um sein Häuschen registriert.

Max lag wieder in seiner Hängematte, wenn auch erschöpft und blass. Und enttäuscht, nach wie vor tief enttäuscht. Beklaute ihn und mimte die Verliebte!

Dennoch war er dankbar, als Emma ihm den Milchreis mit Zimt und Zucker brachte. Sie fand, er sah abgemagert aus.

»Das kommt davon, wenn man kein Fleisch isst«, schimpfte sie vor sich hin. Ihn selbst sprach sie nicht an, sie wagte es nicht. Irgendwas war geschehen, aber sie wusste nicht was.

Der warme Brei tat seinem Magen sehr gut. Der Zucker stärkte ihn und der Zimtgeruch verschaffte Trost. Ein paar

Stunden schlief er danach in der Hängematte. Emma ließ ihn nicht aus den Augen, und selbst der Hahn bewachte ihn. Beide aber wahrten Abstand.

Am Abend füllte Max eine Waschmaschine und hängte seine Wäsche auf. Immer noch sprach er nicht mit Emma. Er trank viel Wasser und legte sich nach getaner Arbeit wieder in die Hängematte. Seine Beine brannten, waren angeschwollen. Max dachte nach. Sie würde ihm sagen müssen, wo das Geld ist. Sie allein wusste es, und sie würde es ihm sagen. Ganz einfach. Aber er musste sich eine List ausdenken, sonst schaffte er es nicht. Er brauchte jetzt einige Tage Ruhe und war froh über Emmas Fürsorge. Auch darüber, dass sie nicht fragte.

In Emmas Traum schwebten und verformten sich Kugeln; teilten sich, wurden zwei oder drei und verschmolzen wieder zu einer. Die Kugeln zogen sich zu langen oder kurzen Strängen, gerieten erneut in Bewegung und schwebten wieder durch den unendlichen blauen Raum.

Sie hörte Geräusche, die unerträglich und zum Krankwerden laut klangen, sobald die Kugeln aneinander stießen. Diesen Traum hatte Emma schon seit Jahren, mit Kugeln und Geräuschen. Und jetzt, wo das Leben so anders war, mit Hans, der Stadt und Max, offenbarte sich endlich, was das für Geräusche waren, wer sie machte.

Es waren Schreie und der widerliche Klang von wetzendem Metall. Dazu Männer, die einander Kommandos zuschrien. Worte waren nicht zu verstehen, nur Laute, die aufforderten, befahlen, mahnten, fluchten, zur Eile antrieben.

Der Ort: ein Schweinestall. Kleine Ferkel ohne Sau, ohne Schutz. Quiekten in panischer Angst, flohen verängstigt in die Ecke. Aber die Männerhände packten sie doch. Rissen eins nach dem anderen an den Hinterbeinen hoch, sortierten aus. Nur die mit Hoden kamen dran. Da war Metall, es wetzte, scheuerte, schleifte. Messer wurden scharf gemacht.

Ein Mann zog den winzigen Hintern des Tieres auseinander, als teilte er einen saftigen Pfirsich. Ein anderer packte die kleinen Hoden des Ferkels, die nicht größer waren als Perlen. Zog sie aus dem Körper heraus und schnitt sie ab. Der erste Mann warf das Tier zurück in den Stall. An den Beinchen lief das Blut herunter. Keines war betäubt worden. Bei keinem wurde die Wunde versorgt, manche gingen ein an der Infektion, die folgen konnte.

Diese Geräusche, die Emma viele Jahre lang in ihren Träumen gequält hatte, waren eine Mischung aus Ferkelgeschrei, Messerwetzen und Männergebrüll. Ein Höllencocktail.

Sie konnte sich erinnern, endlich: wie sie selbst in der Ecke des Stalles gekauert hatte, wo auch die Ferkel bluteten. Ihre Ohren hatten alles mit angehört. Ihre Augen hatten alles gesehen. Unbemerkt von den brüllenden Männern, die sie endlich erkannte: ihren Vater und ihren Großvater.

Die Ferkel wurden nach der Tortur zu ihr ins Stroh zurückgeworfen. Bluteten enteiert und quiekten jämmerlich.

Als Emma wach wurde, schüttelte sie sich vor Abscheu bei dieser Erinnerung wie ein Hund im Regen. Sie war verschont worden, weil ihr die Hoden fehlten. War es das, was Emma in diesem Augenblick als Glück empfand? Ein Glück, kein Junge gewesen zu sein? Ein Glück!

Lange hatte sie insgeheim gefürchtet, man habe auch sie zurückgeworfen ins Stroh. Vielleicht war sie mit einem Ferkel verwechselt worden? Hatte doch mit ihnen zusammen im Stall gelegen, obwohl es verboten war. Konnte es möglich sein, dass ihr Vater einen Sohn gehabt hatte, dem er versehentlich die Perlchen abgeschnitten hatte? Der Rest war sie. Lebte weiter, hieß Emma.

Jetzt war sie wach und konnte ihren Traum deuten. All die Jahre hatte dieser Gedanke sie gequält: War sie eine Frau oder bloß ein Kastrat?

Doch in diesem Traum, der sich endlich deuten ließ, waren nicht nur Furcht und Schrecken. Emma sieht sich im Stroh liegen, die Augen geschlossen. In ihren Armen, auf ihrer Brust die jammernden Ferkel. Die Borsten dünn und weiß, die Haut wie Marzipan, die Schnäuzchen butterweich, die Augen feucht, die Öhrchen zitternd vor Schmerz und Angst.

Emma wäre nie auf die Idee gekommen, männliche Ferkel zu kastrieren. Sie schlachtete sie, bevor sie geschlechtsreif wurden. Oder sie exportierte das Fleisch nach Holland, wo Eberfleisch verkauft werden durfte. Es war magerer, aber auch strenger im Geschmack. Auch Blutwurst stellte Emma nicht her. Nie. Als sie endlich allein auf dem Hof war, tauchte sie ihre Hand nicht mehr in warmes Blut. Sie ließ es in der Erde versickern, wie der Bartmann es ihr beigebracht hatte.

Am darauf folgenden Morgen schien die Sonne. Nach dieser seltsamen Nacht mit ihren Träumen und Deutungen war die duftende warme Erde für Emma mit einem Mal zur Schwester geworden, so wie die Kuh eine war und die Butter und die Wiese. Weiblich, alles um sie herum:

»Hallo Sonne, altes Mädchen. Heute wieder heiß drauf, was?«

Emma lachte.

Max saß auf der Veranda und schnitzte Holz.

Heute würde sie sich zu ihm hinwagen.

»Ist das nicht ein schöner Tag?«, fragte Emma.

Er antwortete nicht.

»Was wird das?«, fragte sie weiter. »Sieht schön aus.«

»Nichts«, antwortete Max.

Was war denn jetzt schon wieder? Kaum war man mit der Welt versöhnt, maulten die Männer. Murrten vor sich hin und keine Frau verstand je den Grund dafür. Unerwartet machte Max einen Vorschlag, der Emma in diesem Moment völlig überraschte:

»Hättest du etwas dagegen, wenn wir die Sauna anheizen? Ich würde gern saunieren. Freiwillig diesmal.«

Emma war erleichtert, er redete also wieder.

»Ja gern, sehr gern.«

Sie zögerte. »Sag mal, fühlst du dich gut?«

»Mir fehlt nichts.«

»Krank sollte man nicht in die Sauna.«

»Ich bin nicht krank.«

»Nun, dann heize ich ein, das mach ich sehr gern.«

Und Max sagte, ohne sie anzusehen:

»Dann räume ich meine Decken auf die Veranda. Dort kann man sich ja danach hineinlegen und ruhen. An der frischen Luft.«

Emma war schon gegangen, um ein paar Meter weiter Holz und Reisig zu holen, da rief er ihr nach:

»Du machst doch mit, oder?«

Sie wurde nervös. Zusammen?

Sie drehte sich zu ihm um. Er schaute sie an und fragte:

»Ja, was ist schon dabei?«

»Ja«, wiederholte Emma unsicher. »Was ist schon dabei.«

Die Sauna war schnell auf gut neunzig Grad geheizt, Emma hatte sich in ein riesiges Leinentuch gewickelt, aber er, dieser Mann, was war denn nur mit dem los? Saß auf der untersten Stufe auf seinem Tuch, nackt. Wunderschön und dünner als in seiner ersten Nacht. Zeigte alles, ohne Scham. Der war doch vorher nicht so. Emma rollte mit den Augen. Der Mann war mit einem Mal so verändert, erzählte und erzählte. Sie hörte gar nicht genau, was er sagte. Irgendwas mit Autos, Wankelmotoren. Dabei legte er wie beiläufig seine Hand auf ihr Knie, ließ sie dort liegen, einen ganzen Satz lang. Emma schwitzte außen und innen!

Schon bald war ihm zu heiß und er wollte sich abkühlen. Sie wäre drin sitzen geblieben, hätte ihm gern Zeit gelassen, in Ruhe und allein in den Bach zu tauchen. Aber Max nahm sie einfach bei der Hand!

»Komm mit, Emma. Komm mit in den Bach.«

Sie zog das Laken fest um ihren Körper, lieber Gott, was sollte sie denn jetzt machen? Noch nie zuvor hatte sie sich geschämt. Lag das jetzt auch an dieser letzten Nacht? Oder lag es an ihm, der so war wie er war mit einem Mal?

Max merkte, wie sie sich sträubte.

»Na komm, oder schämst du dich, Emma?«

»Nein, ich? Wieso?«

»Brauchst dich nicht zu genieren.«

Er zog sie hinter sich her. Ging an das kleine glitschige Ufer. Kühlte seine Arme, seine Beine, und sprang hinein.

Sie stand noch immer ins Laken gewickelt da.

»Komm.«

Wollte er sehen, dass sie eine Frau war?

Emma blieb nichts anderes übrig, als das Laken ins Gras fallen zu lassen. Sie hatte Angst, nicht schön genug zu sein. Schnell sprang sie ins Wasser, stand bis zum Hals darin und fühlte sich wieder sicherer.

Langsam kam Max auf sie zu. Lächelte sie an. Blieb vor ihr stehen, nahm ihre Hand und küsste sie, diesmal richtig. Sie spürte seine weichen Lippen auf ihrer Haut, sie war eine Frau, eine richtige Frau. Alles an ihr stimmte, und hier stand ein nackter Mann und küsste sie.

Das Wasser war kalt, aber die beiden schienen es nicht zu spüren. Er setzte sich ein zauberhaftes Lächeln ins Gesicht und log:

»Wenn ich Geld hätte, würde ich mit dir fortgehen, bis ans Ende der Welt.«

Ihre Brüste hoben sich im kalten Wasser. Er sah auf sie hinunter und berührte sie. Legte seine Hand auf ihre rechte Brust und hielt sie geborgen. Mehr brauchte er gar nicht zu tun, er hatte Emma schon da, wo er sie haben wollte.

»Ich habe Geld«, gestand sie folgsam.

»Ja?«, heuchelte er.

»Hm, ich habe, … ich muss dir …«

Er legte seine Finger auf ihre Lippen.

»Das ist doch jetzt nicht wichtig, sag's mir nachher, ja?«

Emma nickte. Sie war ihm in die Hände gefallen. Lag schon zu weich in seinen Armen. Ihre Brüste zitterten. Er streichelte sie, küsste sie zärtlich auf die Wange.

Sie gingen aus dem Wasser, trockneten sich mit den Leinenlaken ab und legten sich zusammen auf die Veranda. Vergruben sich in die Decken, in denen Max geschlafen hatte.

So, Max. Genug jetzt. Wie war das mit dem Geld? Wolltest

mal besonders raffiniert sein, nicht? Es berührt dich doch nicht wirklich, oder?

Emma drehte sich zu ihm hinüber. Ihre Brüste wölbten sich ihm entgegen. Rund, alles rund. Schultern, Hüfte, Brust. Unter derselben Decke wie er. Jetzt kam das Bild wieder, dieser blöde Dampfkochtopf, den er während seines Unfalls gesehen hatte. Kochte unter großem Druck, das Ventil zischte ... Vorsicht, heiß.

Er fühlte ihren Bauch, so weich. Emma legte ihre Beine auf seine, umschlang ihn. Fieber schüttelte ihn, roter heißer Schüttelfrost. Alle *Was-wäre-wenn*-Fragen schmolzen bei dieser Temperatur zu einem Nichts zusammen. Wie stark sie war. Und wie schön. Wie rund. Wie viel Vertrauen in ihren Augen lag. Behutsam zog sie den Topf vom Herd. Der Druck war fort, alles wurde gut. Max küsste sie, endlich! Sein Schmerz zog sich in diesem Moment diskret zurück.

Emma stöhnte. Ihre Träume wurden zu echtem Fleisch, zu richtigen Zungen und zu zuckersüßer Spucke. Sie leckte seinen Mund wie eine zärtliche gierige Wölfin. Er war fassungslos. Max wuchs, sein Körper wurde kräftiger. Er konnte sie jetzt mit seinen Zähnen packen und besser, größer küssen. Sie lag in seinem Mund, ganz vertrauensvoll und rollte sich vor Glück.

In Sekunden verwandelten sich seine Fußnägel in starke Krallen, an seinen Händen und Armen wuchsen Federn und wurden zu Flügeln. Aus seinem Gesicht war ein Schnabel gewachsen, gefährlich krumm und scharf wie ein Messer. Seine Augen funkelten im Jagdfieber. Er packte seine Beute und schwang sich auf, erprobte seine riesige Spannweite. Erhob sich mit kräftigen Flügelschlägen, kreiste über dem Hof und über den Dächern des Dorfes, zog Emma mit sich fort. Max flog über die Baumwipfel zu den kalten Felsen und warf die Beute in seinen gewaltigen Horst. Dort riss und zerfetzte er sie bei lebendigem Leib, schlang Stück für Stück hinunter. Emma schmeckte so herrlich und ließ sich so gut verdauen. Sie floss aus seinen Poren und erschuf ihn neu, ließ ihn wieder sanft werden. Unter ihren zärtlichen Händen und Küssen legte sich der Adler auf den Rücken und wandte ihr seine verletzliche Seite zu. Sein krummer Schnabel schrumpfte, er vergaß sich ganz und gar.

Sie saß auf ihm, kräftiger als er, und nahm ihn in sich auf. Ihr Bauch wurde warm und füllte sich, als esse sie warme Waffeln, eben aus dem Eisen genommen, mit frischer Schlagsahne drauf. Hundert Mohrenköpfe waren nichts dagegen, Weckewerk war Magerkost.

»Das mit dem Geld ...«

»... ist mir egal.«

»Ich hab es genommen.«

»Ich weiß, es ist mir auch egal.«

Max war es im Stroh egal, selbst die Eule schreckte nicht mehr. In der kalten Schlachtkammer war es egal, in der noch lauwarmen Sauna, auf der Veranda unter dem Sternenhimmel war es ihm egal, und in Emmas Bett ebenso.

Emma erzählte Max von den Spatzen, die der Großvater an die Wand geklatscht hatte. Ein Mensch, ein anderer Mensch, der nicht Kind dieses Hofes war, hörte ihr zu und verfluchte den Alten.

»Du bist kein Spatz, Emma. Du lebst, und er ist tot.«

Ein Mensch. Nicht gedacht, nicht geträumt. Ein wirklicher echter Mensch mit Haut und Knochen, Haaren, Schweiß, Atem, Wärme. Emma war, als verschmelze sie mit Max. Sie war so einsam gewesen, dass es im Hals gebrannt hatte bei jedem Wort, das sie an die Tiere gerichtet hatte, oder an die Pflanzen. Nun aber lag sie im Stroh, Max hielt sie im Arm. Und Emma erzählte und hörte nicht mehr auf. Sie plapperte ausgelassen von zwei Trümmerfrauen, die einen langen Tag hart auf dem Feld gearbeitet hatten und jetzt zu Fuß in ihr Dorf zurückmussten. Es war eine alte Geschichte, und in dieser Gegend tausend Mal erzählt.

Emma hatte immer nur gelauscht, jetzt endlich teilte sie sich mit:

»Die eine war eine kleine, fröhliche, dicke Frau, die andere eine riesige, große, fröhliche und dicke Frau. Als sie den Feldweg entlang liefen, schlug die Große vor, eine Abkürzung über die Wiese zu nehmen. Aber die Kleine zögerte. Auf der Wiese stand nämlich ein Bulle, der auf einer Anhöhe unter einer großen Buche gefährlich mit seinen Hufen scharrte.

›Und wenn der näher kommt?‹, fragte sie ängstlich und zeigte auf das Tier.

›Ach was, der kommt doch nicht‹, sagte die andere, hob den Stacheldraht an und zwängte sich hindurch. Die Kleine folgte ihr.

Der Bulle ließ die beiden Frauen nicht aus den Augen. Er hob und senkte den rechten Huf.

›Ach‹, sagte die Kleine, ›ich hab doch Angst.‹

›Brauchst keine Angst haben, ich bin doch bei dir.‹

Doch die Kleine gab nicht nach. ›Komm‹, bettelte sie, ›komm! Wir gehn zurück hinter den Zaun.‹

›Der tut dir nichts, mach dir keine Sorgen.‹

Aber jetzt bewegte der Bulle seinen schweren Körper, schaukelte hin und her.

›Mensch ne‹, erschrak sich die Kleine etwas zu laut.

Da bewegte sich das Tier. Erst langsam, dann immer schneller lief der Bulle über die Wiese auf die Frauen zu. Da erschrak selbst die große Trümmerfrau. Die Kleine sah im Geist schon, wie scharfe Hörner sie aufspießten und schrie. Sie rannte so schnell es ihr kurzer schwerer Körper erlaubte und rief:

›Komm, lauf! Der Bulle kommt, komm!‹

Doch die Große antwortete: ›Ich renn doch nicht wegen dem Bullen. Lieber krieg ich 'n Kälbchen als 'nen Herzinfarkt.‹«

Emma und Max lachten kreischend über die Pointe und Max zog Emma mit der Bezeichnung Trümmer auf.

Plötzlich wurde Emma wieder ernst und hob den Kopf:

»Das mit dem Geld ...«

»Emma!«

»Hans weiß es, aber er braucht es nicht mehr.«

»... ist mir egal.«

Emma legte ihren Kopf wieder an Max' Brust, wühlte mit der Nase in seiner Armbeuge, vergrub sich darin und sog seinen Duft tief in sich hinein.

Emma und Max genossen jede Minute, nie zärtlicher, nie köstlicher: Essen, schlafen, lieben, schweigen, sprechen, den Himmel betrachten, sprechen, schweigen, lieben, schlafen, essen.

»Sag, Emma. Magst du Coq au vin?«

»Ist das was Unanständiges?«

»Nein«, lachte er, »das ist Huhn, in Wein gekocht.«

»Ach, was zu essen. Huhn mag ich, aber die koche ich in Wasser. Mit Wein kocht hier keiner.«

»Willst du es probieren?«

»Ja gern, ich besorg auch alles Nötige. Was brauchst du?«

»Wein und ein Huhn.«

Ein zweites Mal fuhr Emma nun in die Stadt. Nahm einen riesigen Schinken und fünfzig Würste mit. Aber nicht die mit den Dollarzigarren, sondern solche, die schon luftgetrocknet genug waren, um verkauft zu werden.

Sie parkte vor einem Elektrogeschäft und schleppte ihre Waren hinein. Palaver und Verhandlungen, schließlich tauschte sie alles gegen eine gebrauchte Stereoanlage und drei Händel-CDs. Außerdem verlangte sie noch etwas Bargeld und kaufte davon Wein.

Als sie wieder auf dem Hof war, kümmerte sie sich um das Huhn. Max saß gerade zwischen den Beeten im Garten, als er ein Flattern und Jagen hörte. Zu spät. Was hatte er nur angerichtet!

Emma hatte schon eines ihrer Hühner an den Beinen gepackt und hielt es kopfüber. Mit einer kurzen Axt in der Rechten stand sie vor dem Holzklotz, holte mit der stumpfen Kante kräftig aus und schlug dem Huhn vor den Kopf. Das Tier wurde ohnmächtig.

Der Schrei, den Max hatte ausstoßen wollen, blieb ihm in der Kehle stecken, nicht mal bewegen konnte er sich. Das hatte er nicht gewollt! Emma legte den Hals des Huhns auf den Klotz und schlug ihn gekonnt mit einem einzigen Hieb ab. Er kullerte in den Dreck.

Entsetzt sah Max zu, wie sich das Huhn befreite. Das kopflose Tier zappelte so kräftig, dass Emma seine Beine losließ. Das Huhn sprang vom Klotz und hopste orientierungslos in Max' Richtung. Es schien ihn zu fragen:

»Warum hast du mir das angetan? Weshalb ausgerechnet Coq au vin?«

Endlich ließ das Zucken des Tieres nach und der geköpfte Körper fiel in den Staub.

Max lief auf Emma zu, wie sonst der Hahn, mit langen hohen Schritten:

»Was machst du …? Wer hat dir denn …, aber das ist ja fürchterlich, ich will damit nichts, aber auch gar nichts zu tun haben, hörst du, nichts. ICH bin unschuldig.«

Verständnislos legte Emma ihren Kopf etwas schräg.

»Du wolltest doch ein Huhn?«

»Aber doch nicht den Kopf abschlagen!«

»Wolltest du das Huhn mit Kopf kochen?«

»Herrschaftszeiten!«

»Willst du das Huhn lebendig und mit Federn in Wein legen?«

»Nein, das nicht. Ich will ein vernünftiges Huhn vom Markt. Oder noch besser eines in Plastik verpackt und tiefgefroren.«

Mit Hühnerblut bekleckert und die Arme in die Hüfte gestemmt kam Emma auf ihn zu:

»Und was glaubst du, wie es da hineinkommt? Auf den Markt, in die Truhe. Selbstmord?«

»Aber, das muss doch nicht so blutig …«

Max hatte ja längst verstanden, dass sie Recht hatte. Das Furchtbare musste geschehen, wenn man nachher ganz fein Coq au vin speisen wollte.

»Emma, ich bin das nicht gewohnt, immer diese lieben süßen Tiere, und dann …« Er hielt die Handkante an seine Kehle und tat, als schneide er sich die Gurgel durch.

»Krrg, Kopf ab, Hals ab. Bauch auf, Därme raus. Schrecklich.«

»So ist das«, sagte Emma lakonisch. »Jedes Stück Fleisch hat ein Gesicht gehabt. Wer Fleisch will, nimmt den Tod in Kauf. Wer das nicht will, der lässt es. Gibt's halt wieder Ratatouille.«

Max aber wollte Coq au vin. Er sah deshalb mutig zu, was weiter mit dem Huhn geschah. Emma hielt es an den Füßen und steckte es mit dem Halsstumpf voran in kochend heißes Wasser.

Die Haut weichte auf, die Federn lockerten sich.

Es stank fürchterlich. Dann begann Emma das Huhn zu rupfen. Auch Max versuchte es: Er wollte selbst fühlen, wie fest die Federn steckten. Zupfte ein oder zwei heraus, mit spitzen Fingern, und ließ es wieder. Er empfand nur Ekel.

Nun wurde das Tier gewaschen und auf den Tisch gelegt. Emma schnitt den Bauch auf. Ihre Hand glitt in den Körper und holte die Innereien heraus. Das Herz war ganz klein, die Leber ein Witz, die Galle grün.

»Wo ist denn die Bauchspeicheldrüse?«, fragte Max.

»Du immer mit deiner Bauchspeicheldrüse«, lachte Emma. »Die ist doch viel zu klein, die hab ich noch nie gesehen in einem Huhn.«

Im Innern lagen noch Eier. Nicht nur eines, sondern richtig viele. Ein ganz großes lag kurz vor dem Hintern, mit einer durchsichtigen Haut drumrum, nur die Schale fehlte. Dahinter lag eines mit Haut und Dotter, aber ohne Eiweiß. Und noch weiter hinten lag eines mit kleinem Dotter, und hinter dem wiederum eines mit winzigem Dotter. Die lagen alle schon im Körper bereit und wollten wachsen. Zum ersten Mal sah Max die Entwicklungsgeschichte eines Hühnereis.

Jetzt endlich sah das Huhn aus wie die Hühner vom Markt. Max konnte es zubereiten. Sein Coq au vin geriet très bien.

Emma hatte unterdessen den CD-Player ausgepackt und stolz Händel aufgelegt. Max war beglückt.

Später setzten sich beide auf einen starken Ast in der großen Kastanie im Hof und ließen die Beine baumeln. Schwer hingen die grünen stachligen Früchte im Laub und warteten auf den Herbst. Wer würde zuerst vom Baum fallen, die Kastanien oder er? Max war erleichtert, eine unbeschwerte Emma plaudern zu hören.

»Ich hab als Kind jeden Tag hier oben gesessen«, sagte sie, »und die Hühner beobachtet. Jedes hat seinen Platz. Die regeln das nicht untereinander, sondern danach, wie oft der Hahn welche Henne nimmt. Die oft genommen wird, kriegt das beste Essen, darf als Erste an den Futternapf und ans frische Wasser.«

Fasziniert hörte Max zu. Emma wies auf eines der Hühner.

»Das da ist die höchste Henne im Staat. Du erkennst sie an dem prächtigen Federkleid. Weil sie gut frisst, weil sie stolz ist und deshalb ganz aufrecht geht.

Und du kannst es sehen an der kahlen Stelle in ihrem Nacken. Dort pickt sich der Hahn mit seinem Schnabel fest, um die Balance zu halten, wenn er sie von hinten nimmt. Er reißt ihr dabei die Nackenfedern raus. Je kahler diese Stelle beim Huhn ist, desto häufiger ist er mit ihr zugange. Nur der Hahn kann sie erhöhen. Das lässt sie fröhlich Eier legen, fast zwei schafft sie an manchen Tagen.

Das elendste Huhn sieht genau andersrum aus: karges stumpfes Federkleid, fast löchrig. Aber Federn im Nacken. Da, siehst du? Das da.«

Max sah es.

»So ein Huhn ist gestresst und frustriert und legt deshalb kaum Eier. Es wird vom Hahn zu Suppenfleisch erklärt. Er gibt das Signal für seinen Tod, nicht ich.«

Von da an saß Max für Stunden und Tage still auf dem Baum und beobachtete die Hühner. Die erste Henne im Staat hatte einen stolzen, weichen und sicheren Gang. Sie plusterte sich und machte sich breit im Hühnerhof, besonders unmittelbar nach dem Akt.

Wenn sie angestakst kam, musste die Dürre sich sputen, den Platz räumen, den Wurm hergeben. Die Hühner in der Mitte ergriffen Partei, meist für die Starke. Wer sich vor die schwache Henne stellte, geriet ins Abseits, wurde degradiert.

Eines Tages wagte das zweite Huhn im Staate es, die erste Henne zu bedrängen. Keck stolzierte das junge Ding Richtung Hahn, bot sich schamlos an, das Luder. Der Hahn brauchte nicht mal mehr einen Rundgang zu machen, er nahm sich das Mädchen, das sich ihm darbot, mehrmals am Tag. Die Alte war verdrängt und litt Qualen. Aber der Hahn hatte einfach nicht genug Kraft, um gleichzeitig die Junge und seine alte Liebe zu befriedigen. Die anderen Hühner im Staat bemerkten das schnell. Sie begannen, ihre Königin zu ignorieren und schließlich gar zu scheuchen, weg vom Futternapf, weg von den Trögen. Selbst von ihrem eigenen Gefolge wurde die Henne jetzt weggepickt. Innerhalb von nur einer Woche war das Tier am Ende. Wenige Getreue fielen mit ihm. Die Hennen aber, die der neuen ersten Frau hingegen zugetan waren, stiegen zusammen mit der Hure auf, die jetzt Königin war.

Solange dieser Machtkampf dauerte, legte kein einziges Huhn ein Ei. Erst als die Rangfolge geklärt war, kehrte wieder der Alltag ein und es herrschte Ruhe im Hühnerhof.

Bald wusste Max wie ein guter Bauer darüber Bescheid, welches Huhn sich am besten für das nächste Coq au vin eignen würde.

Emma hatte schon vor langer Zeit erkannt, dass die Menschen den Hühnern glichen. Sie frotzelte:

»Die fette Bäckersfrau mit dem kahlen Nacken ist schon wieder schwanger. Die dünne ledige Emma dagegen: Suppenfleisch, Suppenfleisch.«

»Ja, mein Hühnchen«, bestätigte Max und näherte sich gackernd, biss sie zärtlich in den Nacken, »soll ich dich braten lassen oder soll ich dich glücklich machen wie eine fette Henne?«

»Ach ja, bitte, reiß mir ein paar Federn aus«, gurrte das Huhn. Was er sich nicht zwei Mal sagen ließ, er tat es sanfter und besser als ein Hahn.

Als sie später ruhig beieinander lagen, lauschte Max. Und hörte zum ersten Mal in seinem Leben die Stille. Nichts, nur Stille. Erstaunt bemerkte er, dass er vorher immer etwas gehört hatte. Sirenengeheul, Gewitter, Presslufthämmer, Weinen, einen Schnellzug, eine Flugzeuglandung, aufgebrachtes Geschrei aus Fußballstadien. Alles durcheinander.

Seine Anstrengung, diese Geräusche zu ertragen, zu verkraften, sie einzuordnen, hatte er nie bewusst wahrgenommen. Der Lärm hatte ihn gewürgt und geschüttelt. Jetzt erst begriff er das. Vierzig Mal hatte er Weihnachten gefeiert, aber die Stille Nacht nie wirklich erlebt.

Emma lag in seinem Arm, schweißnass, befriedigt. Es roch, wie sonst nichts riecht. Süß, schwer. Und es war still. Er atmete tief durch und grinste.

»Was ist?«, fragte Emma.

Er schaute sie an, lächelte: »Glücklich, sehr.«

»Ach«, seufzte Emma und streichelte sein Gesicht.

Er deutete auf kleine bläuliche und rötliche Flecken auf ihrer Haut und fragte: »War ich das?«

Emma schüttelte den Kopf.

»Das ist Rotlauf. Haben Fleischer, Köche, Wildhändler. Eine Berufskrankheit. Wird von Schweinen übertragen.«

»Tut das weh?«

»Nein, juckt und brennt nur etwas.«

»Ist das schlimm?«

»Nein, nicht schlimm. Steckt auch nicht an, glaub ich.«

Sie stockte kurz, dann fragte sie weiter:

»Max?«

»Hm?«

Sie setzte sich auf, nahm seine Hand und fragte:

»Und was ist mit dir?«

»Was soll sein?«

»Du hast was, nicht wahr? Bist krank.«

Er schüttelte den Kopf.

»Du bist so dünn geworden, ich spüre deine Knochen.«

»Ich war schon immer dünn, mach dir keine Sorgen.«

»Willst du nicht doch mal einen Arzt fragen?«

Max schüttelte nur den Kopf und schwieg.

Aber Emma wusste Bescheid. Sie hatte gelernt, bei ihren Tieren jede Spur einer Krankheit zu erkennen. Man heilte früh oder nie. Die Schweine steckten sich untereinander an, auch deshalb musste sie aufpassen. Man konnte ein Schwein zur Not schlachten, bevor es an der Krankheit starb. Dann war wenigstens das Fleisch gerettet. Sie hatte Max beobachtet: Er litt einmal an Verstopfung, dann wieder an Durchfall. Seine Beine waren geschwollen. Er litt unter Blähungen. Seine Augen waren gelb. Emma bemerkte, dass seine Leber kaum noch arbeitete. Dabei trank er wenig Alkohol, es war also irgendetwas anderes. Schlimmeres.

Wenn sie seinen Bauch berührte, tat ihm das weh. Er aß wenig. Ihre Wurst oder Butter, alles Fett stieß ihn ab, er konnte es wohl nicht verdauen. Aber er glaubte immer noch, ihr etwas vormachen zu müssen. Sie ließ ihn gewähren. Sie hatte ihn und genoss jeden Tag, den er bei ihr war.

Emma besaß diese seltene Fähigkeit: in Ruhe zu lassen, den Willen des anderen zu respektieren.

Max lag in Emmas Bett, das Fenster stand offen, draußen brachte die Herbstsonne die Kastanienblätter zum Leuchten. Über dem Bett spielten die Stubenfliegen. Das war das Erste, was er bei Emma gesehen hatte, als er die Augen öffnete, damals. Nach dem Unfall. Die Fliegen spielten noch immer dasselbe Spiel. In dieser Zeit, in diesen wenigen Wochen nur, hatte sich in seinem Leben alles ereignet, für das es sich zu leben lohnte.

Was für ein Glück, dass er damals den Unfall überlebt hatte.

»Wieso spielen die Fliegen dieses Spiel?«, fragte er Emma. »Ich schaue ihnen auch immer gern dabei zu. Vielleicht ist es nur Spaß, ich weiß es nicht.«

»Wir sollten unbedingt noch Fangen spielen, wir beide, du und ich«, sagte er und schwieg. Verlängern, dachte er, verlängern bis in alle Ewigkeit, und wusste, dass es doch nicht ging.

Der Hahn hatte aufgehört zu sprechen. Der Fernsehmoderator moderierte nur noch, weiter nichts. Der Rabe war fort. Das Mofa hatte ausgedient.

Der Fleischwolf war mit Mühe gewaschen, die Wurstmaschine klemmte, der Holztrog leckte. Die Messer waren stumpf, wo blieb nur der Flachsmeier? Er hatte in jungen Jahren eine italienische Liebe gehabt, Laura. Wollte sie heiraten. Aber sie stürzte beim Wandern in eine Schlucht. Fiel einfach in den Tod, nach dem Frühstück im Mai.

Emma wetzte die Messer selbst, aber ohne Antrieb, ohne jede Freude. Seit Tagen saß Max im Schweinestall und beschäftigte sich mit den Tieren. Das mit den schwarzen Flecken auf dem Rücken mochte er besonders gern.

Heute war es an der Reihe.

»Das kann doch nicht dein Ernst sein«, jammerte Max. »Das ist doch so süß! Wie kannst du es schlachten?«

»Wie, wie? Mit dem Messer natürlich!«

Ausgerechnet mit diesem Schwein hatte er am Zaun gestanden. Voller Wonne hatte sich das Tier an den Brettern gekratzt, immer mit dem Rücken auf und ab und wieder auf und wieder ab. Und wie es dabei geguckt hatte! Gerollt hatte es mit den Augen vor Wonne.

»So ein süßes Schwein, es liebt doch das Leben. Nimm ein anderes.«

»Gut«, hatte Emma gesagt. »Nehm ich ein anderes.«

Und wählte das mit dem Knick im Ohr. Aber das wollte er dann auch nicht, denn mit dem war er am Bach gewesen, als es sich eingesaut hatte, aber mächtig. Das Tier hatte sich so voller Vergnügen in den Schlamm am Ufer gelegt und gedreht und gewälzt. Später hatte Max sich zwischen zwei Saunagängen auch zu dem weichen Schlamm gewagt und sich die Waden damit eingeschmiert und abgerieben. Im Schlamm waren kleinste Sandkörner, die massierten die Haut so angenehm. Erst hatte er sich nur bis zu den

Unterschenkeln hineingetraut, doch dann hatte er wahrhaftig den gesamten Körper mit weichem warmem Schlamm beschmiert. Und laut über sich gelacht, laut gelacht. Emma hatte gerufen:

»Du altes Ferkel du!«

Das Schwein hatte den Schlamm an seiner Haut in der Sonne trocknen lassen. Max hatte sich nach der Sauerei im Bach gewaschen. Beide fühlten sich danach wie Brüder, dazu sauber und erfrischt.

»Weshalb denn das mit dem Knick? Nur weil ich es mag, ja?«

»Ich verdiene damit Geld«, erklärte sie trotzig.

»Mach doch was anderes, du kannst ja, du kannst ...?«

»Ja, was? Was kann ich?«

»Du kannst ja ... häkeln! Du kannst Tischdecken häkeln, das machen andere Frauen auch!«

Angewidert schrie Emma: »Häkeln, igitt!«

Tapfer hielt sie ihr Messer und lockte das Schwein mit den schwarzen Flecken hinter sich her auf den Hof, unter den Flaschenzug. Bereitwillig folgte es ihr.

»Geh nicht, geh nicht!«, warnte Max das Tier. Aber es trottete weiter.

Dann fuhr er Emma an:

»Du missbrauchst das Vertrauen, das sie dir entgegen bringen!«

Sie blieb störrisch, sie blieb Schlächterin. Er lief fort, in die Felder.

Emma aber musste arbeiten, um weiter zu leben, um beide zu ernähren. Deshalb tat sie, was sie sonst auch tat. Sie streichelte das Tier, erzählte ihm Geschichten. Sie strengte sich maßlos an, aber es hatte sich etwas verändert. Sie konnte nicht einmal das Messer heben.

Emma ließ das Schwein laufen. Fröhlich trabte es auf die Wiese zurück. Dort legte es sich in die Suhle.

Max fand Emma im Stroh. Sie wirkte bedrückt. Er nahm sie in den Arm und bat sie um Verzeihung.

»Hast ja Recht«, sagte sie. Aber sie wusste, sie hatte ihren Beruf verloren.

»Ich bitte die alte Sau in den Zeugenstand«, ordnete der oberste Richter an und machte seine Bitte amtlich, indem er mit seinem Holzhammer drei Mal kräftig auf den Tisch schlug. Von der Wucht seiner Bewegung staubte dem ehrwürdigen Herrn weißes Puder aus der muffigen Perücke. Der bucklige Gerichtsdiener öffnete die schwere Saaltür, und vom Flur her trottete die Alte breitbeinig und schwankend in den Saal. Sie wandte ihre kleinen Augen, die in Fettringen versanken, den raunenden Zuschauern zu. Alles Fleischfresser, die sie da angafften. Sie kannte hier niemanden.

Sie schleppte sich weiter nach vorn. Ihr fetter Bauch schleifte über den rissigen Holzboden, ihre Zitzen hingen leer und nutzlos herab. Eine war dick geschwollen und entzündet. Wann immer dieser wunde Nippel den Boden berührte, zuckte die Sau vor Schmerzen zusammen. Dabei zitterten die letzten alten Borsten auf ihrem fetten Leib.

Jetzt war sie auf gleicher Höhe mit der Angeklagten, die ihren Kopf gesenkt hielt. Die alte Sau blieb stehen, drehte sich behäbig zur Seite hin und suchte ihren Blick. Die aber verbarg mit beiden Händen ihr Gesicht, sank tief in sich zusammen; Tränen rannen an ihren Fingern herunter.

Die alte Sau grunzte liebevoll zu ihr hin. Bevor sie sich schwer atmend weiter nach vorn mühte, vor den Richter.

»... nichts als die Wahrheit?«

»So wahr mir Gott helfe«, keuchte die Sau asthmatisch. Und fügte hinzu: »Ich bitte darum, die Aussage verweigern zu dürfen.«

»Das ist Ihnen nicht gestattet, verehrte Frau Sau.«

Die Stimme des Richters hatte etwas Überhebliches.

»Es sei denn, Sie versichern mir glaubhaft, mit der Angeklagten ...«, er zögerte und grinste hämisch, »weder verwandt noch verschwägert zu sein.«

Wie absurd! Die Zuschauer johlten auf. Der dröhnende Holzhammer des Richters mahnte die Fleischfresser zur Ruhe, dabei hatte er sie selbst aufgehetzt. Dieser Richter, das war der Sau schon jetzt klar, war ungerecht.

Und dieser Hammer war zu laut für das Tier. Das Publikum reagierte gehorsam auf das Klopfen, es wurde still. Der Sau aber war das harte Geräusch unerträglich, es drang durch ihr Ohr direkt ins Hirn. Ein Schwein kann sich nicht taub stellen. Jeder hohe oder harte Ton, jedes plötzliche laute Geräusch, jeder zischende Luftstrom tut weh, macht das Tier verrückt.

Der Angeklagten war das bewusst, sie kannte die Sau gut. Voller Mitleid sah sie nun endlich zur Sau hinüber, sie verstand, weshalb die Alte hier in ihrer Qual die Schnauze verzog.

Der Richter aber begriff nichts.

»In welchem Verhältnis standen Sie zu der Angeklagten?«

»Wir waren uns sehr nah.« Ihre Stimme war leise, flehte um Ruhe.

»Was heißt nah?«

»Uns war aneinander gelegen.«

»Was soll das bedeuten?«

»Wir haben uns kräftig gedrückt.«

»Gedrückt mit was?«

Die Sau betrachtete den Richter genau. Will der da oben nicht verstehen?

»Mit dem Rücken gedrückt, mit der Seite, dem Bauch. Je nachdem, wie man lag.«

Wieder schrien die Zuschauer johlend auf. Wieder klopfte der Holzhammer ins Schweinehirn.

Feinde!, dachte die Sau. Schlimmste Feinde waren das hier, die klopften und johlten. Diese Meute gehörte auf die Anklagebank.

Von da an hörte die Alte auf zu grunzen, beantwortete auch keine Fragen mehr. Sie verweigerte schlicht die Aussage.

Der Richter drohte ihr mit Beugehaft, wenn sie nicht endlich einen vernünftigen und umfassenden Bericht abgäbe.

Die Sau aber blieb bockig. Da wies der Richter die Gerichtsdiener an, sie abzuführen. Die Männer banden einen dreckigen Strick um den Hals der fetten Sau, würgten sie, zogen an ihr, wollten raus aus dem Saal, rein mit ihr in den Kerker.

Die Sau machte ihre Vorderpfoten steif wie ein bockender Esel. Sie quiekte vor Angst. Die Männer zogen, sie waren stark wie Pferde. Das konnte die Angeklagte nicht mit ansehen.

Leise und vertraut schnalzte sie mit der Zunge. Niemand konnte das in dem Trubel hören, nur die Sau vernahm es. Sie schaute hinüber und die Angeklagte nickte ihr zu. Nun rief die Sau mit letzter Kraft:

»Ich rede, ich rede.«

Der Richter gab Anweisung, die Sau wieder vorzuführen, der Strick aber sollte an ihrem Hals festgebunden bleiben. Ein Gerichtsdiener blieb neben ihr stehen und hielt sie fest.

Und die alte Sau sagte aus:

»Ich hatte damals acht Ferkel, keine Totgeburt dabei, alle gut geraten und im Futter. Eine Woche nach dem Wurf ist mir das neunte in den Stall gefallen. Von oben durch die Luke, wo sonst das Stroh herkommt, einfach reingefallen! Kalt war es, gewimmert hat es. Ich denk noch, ja verdammt! Beiß es weg, tritt es tot, was will das Fremde hier? Aber da hat es mich berührt. Fest hat es mich gepackt. Ich hab mich erst mal hingelegt und gedacht, guckste mal. Da hat es sich dazugelegt. Zwischen meine acht anderen. Hat sich an mich gedrückt, fest und gut. Und sich an mir gewärmt.«

Der Richter schwieg, die Zuschauer schwiegen und endlich schwieg auch der Hammer.

»Sonst wäre es eingegangen, kalt wie es war. Nachher hat es sich wahrhaftig an meine Zitzen getraut, hat sogar gierig getrunken. Es war noch hungriger als die anderen!«

An dieser Stelle lächelte die Sau, die Erinnerung an dieses Nuckeln ließ sie strahlen wie jede andere stolze Mutter auch.

»Da ist es geblieben. Immer dieselbe Zitze. Es ist die, die jetzt ...«

Die Sau hielt inne. Sie wollte sagen, es war die, die immer noch eitrig nässt. Die mir solche Schmerzen bereitet.

Eine Mutter gibt doch alles. Eine Mutter murrt doch nicht, sondern leidet still. Darum hielt die alte Sau mitten in ihrem Satz inne und schluckte den Rest herunter.

»Es war anders als die anderen. Es ging weg in der Nacht und kam am nächsten Tag zurück. Meine acht wurden fett, aber das Neunte nicht. Es saugte mehr als die anderen, aber wurde nicht fett! Ich dachte noch, es wird eingehen, irgendwann. Aber es blieb am Leben.

Die anderen wurden abgeholt, ich litt immer und immer wieder Höllenqualen vor Kummer. Da hat es mich getröstet. Ich bekam wieder Junge, es nuckelte mit. Fraß später aus dem Trog wie ich. Wuchs nur ein wenig, wurde nie fett. Es wurde nie geholt, immer nur die anderen.«

Der Richter verstand nicht, er runzelte seine Stirn und fragte:

»Was hat das Ferkel, das bei Ihnen blieb, mit der Angeklagten zu tun?«

Die fette Sau legte den Kopf etwas schief, schaute den Richter treuherzig an und antwortete:

»Ja aber? Verstehen Sie denn nicht? Sie *ist* das neunte Ferkel!«

Die Zuschauer begriffen immer noch nicht. In den hinteren Reihen wurde getuschelt: »Was sagt die Sau? Was hat sie gesagt?«

Der Richter beugte sich vor, blickte der Sau streng in die Augen:

»Die Angeklagte ist kein Schwein. Sie ist ein Mensch.«

»Na und«, entrüstete sich die Sau. »Sie sieht vielleicht so aus wie einer, aber sie war meins. Ich habe sie gesäugt, genährt, getröstet, geliebt und erzogen.«

»Wie ein Ferkel also?«

»An Kindes statt, ja.«

Die Stimme des Richters wurde sarkastisch:

»Sie tragen Ihrem neunten Ferkel also nichts nach?«

»Ich? Wieso ausgerechnet ich? Nein.«

»Sie ist wegen Mordes angeklagt.«

»Lächerlich! Wen soll sie ermordet haben?«

»Sie hat die Ferkel ermordet, die Sie geboren haben. Sie ist angeklagt, sie eigenhändig erstochen zu haben; vorsätzlich, wohlgemerkt.«

Die Sau schüttelte den Kopf.

»Sie wird sogar beschuldigt, die Leichen gegessen zu haben!«

Die Zuschauer schüttelten sich vor Wonne über diesen Skandal. Doch der Richter war noch nicht fertig:

»Sie hat Ihrer gesamten Brut die Kehle durchgeschnitten. Und Sie bleiben dabei ruhig?«

Die Sau erklärte:

»Aber doch nur, um warm und voller Liebe unser Leben zu beenden. Sie hat nicht gemordet, als sie das Messer sicher führte, sondern vollendet!«

Jetzt ließ der Richter seinen rechten Zeigefinger zu der Sau herabsausen wie einen Speer:

»Sie *hat* also die Kehlen aufgeschnitten?«

»Aber ja doch.«

»Mit einem Messer?«

»Ganz sanft, sehr scharf, ohne jeden Schmerz.«

»Überführt!«, rief der Richter. »Sie hat zugestochen, die Aussage liegt damit vor.«

Wieder flog der Hammer grob und laut auf den Tisch.

»Schuldig im Sinne der Anklage.«

Verwirrt suchte die alte Sau den Blick der Angeklagten. Der Strick hinderte sie daran sich umzudrehen.

»Im Namen des Volkes ergeht folgendes Urteil ...«

Die Zuschauer tobten:

»Gebt sie den Schweinen zum Fraß!«

»Wie du mir, so ich dir!«

»Auge um Auge, Zahn um Zahn!«

Der Richter klopfte weiter mit dem Holzhammer auf den

Tisch, hörte gar nicht mehr auf damit. Da drehte die alte Sau durch. Sie brüllte, raste, durchbrach Bänke und Tische, Holz splitterte, Verletzte bluteten, die Gerichtsdiener liefen herbei und banden die Wildgewordene fest. Fesselten sie und zerrten sie davon. Die Sau quiekte vor Angst.

Emma erwachte schweißnass. Ihr war, als habe sie eine Tür zu einem neuen Raum geöffnet. Als sei ihr endlich etwas eingefallen, das sie vergessen hatte, das ihr ständig auf der Zunge gelegen hatte und nicht über die Lippen gekommen war.

Es war so ungeheuerlich, löste im Morgengrauen so viel Entsetzen und gleichzeitig Glück in ihr aus, dass sie froh war, in diesem Moment nicht allein zu sein. Froh war, dass er bei ihr lag. Sie drückte sich an den noch schlafenden Max. Kuschelte sich an seinen Rücken, strich mit ihren Händen über seine Brust, die auch kleine Borsten hatte, Männerborsten. So fest geborgen konnte Emma die Traumbilder noch einmal an sich vorüberziehen lassen.

Max erwachte.

»Was ist? Kannst du nicht schlafen?«, fragte er.

»Ich hab geträumt.«

»Schlimm?«

»Nein. Ich weiß es noch nicht.«

»Erzähl, ich höre zu.«

»Ich bin mal als Kind in den Schweinestall gefallen. War noch sehr klein, konnte gerade laufen. Wie du vor kurzem, so bin ich vom Strohboden in die Luke hinuntergefallen, in den Stall der Sau. Die hatte eben geworfen. Das ist gefährlich, denn die sind mit ihren acht Ferkeln eh schon am Rand ihrer Kraft. Unberechenbar sind die.«

»Das hast du geträumt?«

»Ja, vielmehr nein, das ist wirklich passiert. Daran kann ich mich erinnern. Ich bin in die Luke gefallen. Was ich aber vergessen hatte, war: Keiner hat sich darum gekümmert, wo ich geblieben bin. Niemand hat nach mir gesucht.«

Emma schüttelte den Kopf, sie erinnerte sich jetzt ganz genau. Sie hatte sogar zwischen den anderen Ferkeln an der Sau gelegen.

Entsetzt schaute sie ihn an:

»Ich hab aus ihren Zitzen getrunken! Ist das nicht furchtbar?«

Max fand nichts dabei: »Andere trinken Stutenmilch, essen Froschschenkel, glitschige Schnecken oder schlürfen lebendige Austern.«

Emma strich mit ihren Fingern über ihre Wangen, über die Stirn. Die riesige Sau hielt ihren Kopf dicht über ihr Gesicht. Mit ihrer groben, festen Zunge leckte sie Emmas Gesicht. So war das, und es war wunderbar.

Nicht nur einmal war es so, als sie damals in den Stall gefallen war und geschrien hatte, sondern lange, sehr lange Zeit. Immer wenn sie geweint hatte, hatte die Sau ihre Tränen abgeleckt.

Emma lag an Max' Rücken und erinnerte sich. Einen anderen Trost hatte sie nicht gehabt. So viel und doch so wenig. Wenn sie fliehen musste, wenn sie weinen musste, hatte sie sich bei der Sau im Stall verkrochen.

Emma hatte geweint, weil sie geschlagen worden war. Ins Gesicht, auf den Kopf, mit einem Kochlöffel, mit einem Kleiderbügel, auf die Schulter, auf den Rücken, auf den nackten Kinderpo. So fest, bis das Holz brach. So lange, bis die Haut rot glühte.

Sie hatte geweint, als sie lächerlich gemacht wurde.

Als sie verbrüht wurde.

Verkühlt.

Verbrannt.

Geklemmt.

Gezwickt.

Aus dem Schlaf geholt.

Auf dem Klo belästigt.

An den Haaren geschleift.

Als Lederstiefel sie getreten haben.

Als ihr Gesicht in den Staub gedrückt wurde.

Als ihr Arm verdreht wurde, bis er brach.

Als Emma vor Angst ins Bett gepisst hatte, jede Nacht. Man sie drin liegen ließ. Es schlimmer stank als im Stall.

Als sie eingesperrt wurde, hat sie mit dem Hinterkopf an die Tür gepocht. Immer und immer wieder. Aber niemand wollte sie hören, keiner befreite sie.

Emma wurde schwarz vor Augen, übel von der Erinnerung.

»Ich habe mich versteckt«, erzählte sie mit stockender Stimme weiter, »tagelang versteckt vor den Schlägen, der Wut. Ich war für die anderen verschwunden, ich hätte verhungern und verdursten können. Niemand hat sich um mich gesorgt, mich hat niemand vermisst, niemand hat nach mir gesucht.«

Lange starrte Emma vor sich hin. Ihre wahre Mutter war eine alte Sau gewesen, ihre Geschwister quiekende enteierte Ferkel. Wenigstens hatte sie doch eine Familie gehabt. Eine Art Familie.

Nach langem Schweigen fragte Max:

»Deine Mutter?«

»Meine Mutter? Das waren drohende Schritte auf mich zu.«

»Und dein Vater?«

»Mein Vater, das waren feige Schritte von mir weg.«

Max nahm sie fest in seine Arme:

»Ach, mein Mädchen, du.«

Bei ihm hatte ihr Puls einen Takt, wurde ihr Atem gleichmäßig, und sein magerer Körper war ihr Halt. Endlich konnte sich ihr Zorn entfalten. Sie zappelte vor alter Angst, die er fortstreichelte. Sie schrie, und Max hielt sie fest.

Am Abend entzündete Emma an der Stelle, wo der Ferrari verbrannt war, ein Lagerfeuer. Sie warf alles, was dem Großvater gehört hatte in die Flammen: die Uniformen, sein Parteibuch, seine Orden und die schwarzen Lederstiefel, alles. Die Kleiderbügel, die Kochlöffel, den Lederriemen, die Mistgabel. Ins Feuer damit. Sie hatte keine Ahnung, weshalb sie diese Dinge so lange aufbewahrt hatte.

»Du solltest ihnen verzeihen«, sagte Max.

»Nein«, sagte Emma. »Nein. Ich verzeihe nicht. Ich vergebe nicht. Mein Zorn tut mir gut. Er geht nicht mehr nach innen und tut mir weh. Jetzt befreit er sich und tropft aus mir raus. Ich lasse ihn laufen für Jahre. Wenn er versiegt, dieser Eiterfluss, dann verzeihe ich. Dann erst vergebe ich. Vorher nicht.«

Alles, was nicht verbrannt werden konnte, aber aus ihren Augen sollte, musste fort vom Hof. Emma packte es auf den Getreidewagen. Den mit der Hydraulik, den man nach hinten kippen konnte. Mit einem Mal war es ein Kinderspiel, all den Dreck loszulassen und wegzuwerfen. Sie koppelte den Traktor vor den vollen Wagen.

Als sie mit dem Müll von hundert Jahren durchs Dorf fuhr, rätselten die Trümmer, was wohl auf dem Schweinehof vor sich gehen mochte.

»Es Emma fährt ja im Unnerrock. Es hatt'n Kittel vergessn!«

»Muss verrückt geworden sein.«

»Is wegen der Zwangsversteigerung.«

»Dafür fährt mo doch nit nackicht durch de Gegend.«

»Was will se dann nu machen, mit ohne Hof?«

»In Dings, nu sach mal, hinner'm Hejeholz. Da solls'n frischen Witwer geben mit fünf Blagen.«

»Der tut saufen.«

»Aber besser als nix.«

»Wieso nimmt'o Henner se nich?«

»Den schlag isch windelweich, wenner Henner das nimmt.«

Emma war herrlich gleichgültig, was die Trümmer tratschten. Sie fuhr zur Kreismüllkippe, ließ die Hydraulik an und versenkte ihren Dreck.

Max hatte so starke Schmerzen, dass er davon fast die Besinnung verlor. Es riss ihn zu Boden. Zusammengekrümmt lag er auf dem Boden in der Küche. Sein ganzer Rücken brannte. Er jaulte und weinte vor Abschiedsschmerz. Weinte jämmerlich. Noch bevor sie zurückkam, konnte er sich in Emmas Bett schleppen. Dort fand sie ihn tief schlafend.

In den folgenden Tagen wollte er dort liegen bleiben und

nur noch Händel hören. Musik war der Trost seiner Eltern gewesen, sie hatten gemeinsam Platten aufgelegt oder Konzerte besucht, wenn Worte unangebracht waren und der Lebensschmerz überhand nahm.

Menuette von Mozart hatten sie aufgeheitert, strenge Fugen von Bach ordneten ihr Leben neu, bei Trompetenkonzerten von Telemann glaubten seine Eltern wieder an Gott, und Händel hatte ihnen das Gefühl geschenkt, etwas ganz Besonderes zu sein. Musik von Tschaikowsky und Beethoven hörten seine Eltern sehr selten, weil sie ihnen zu vollkommen erschien.

Einige Tage später, an einem Spätsommertag, wollte Max dieses Erbe mit Emma teilen. Er stellte die Lautsprecher der Stereoanlage ins Fenster, auf den Hof gerichtet. Er legte Händels Wassermusik bereit; fand die Stelle, die er so mochte: wo es klingt, als schreite der König würdevoll herein.

Er räumte eine gerade Strecke über den Hof frei, stellte die Eimer, die Tröge, die Geräte beiseite. Kehrte den Hof mit dem alten Reisigbesen, griff sich einen großen geflochtenen Korb und rupfte alle Blumenblüten ab, die er im Garten und auf dem Feld fand. Er pflückte alles leer. Dann bestreute er einen Streifen auf dem Hof mit den Blumen. Als Emma von einem Spaziergang zurückkam, staunte sie. Was sollte das werden?

Anschließend schleppte Max alle Kittelschürzen aus Emmas Schlafzimmer, die von Emma, von ihrer Mutter und ihrer Großmutter. Vom Vater hatte er noch einen Gürtel gefunden.

»Was tust du da?«

»Komm her, komm!«, rief er ihr zu.

Max fädelte alle hundert Kittel auf, den Gürtel zog er jeweils durch einen Träger. Zusammengepresst und aufgefädelt, um Emmas Hüfte festgezurrt, bildeten die Kittel einen riesigen farbenprächtigen Rock. So weit, als sei ein Reif darunter gespannt. So lang, dass er elegant auf dem Boden schleppte.

Sie kam sich vor wie auf einer Bühne, oder in einem Festzug.

Zum Schluss stülpte er der verblüfften Emma einen Blumenkranz aufs Haar. Sie lachte noch immer über diesen witzigen Einfall, als die Musik erklang. Laut, sehr laut schall sie über den Hof. Max zog sich zurück.

Da stand Emma nun, in einem mächtigen Rock, mit Blumenkrone. Vor ihr der Blumenweg. Er gab Zeichen, sie solle darüber gehen. Emma betrat den Blütenteppich vorsichtig, im Takt von Händels Wassermusik.

Die Tiere kamen dazu und säumten den Weg, jedes wollte sie sehen, einen Blick auf das Kleid werfen. Die Hühner, der Hahn, die Schweine, die Kuh, der Hund. Emma war gerührt, ihr wurde feierlich zu Mute, sie ging nicht mehr nur, sie schritt würdevoll an ihrem kleinen Volk vorbei. Ihr wurde leichter und wärmer, stolz hob sich ihr Kinn, gelöst ließ sie die Schultern fallen. Ihr Körper entspannte sich, die Brust wandte sich der Sonne zu. Emma sog frische Luft in ihre Lungen, ihr Herz klopfte im Takt, Emmas Haut straffte sich.

Am Endes des Weges waren ihre Beine ganz leicht. Sie drehte sich, erst langsam, dann immer schneller. Die Kittel flatterten im Wind, als der Trommelwirbel zu hören war. Wie Blumenblätter öffneten sich die bunten Schürzen, und mittendrin tanzte Emma mit weit ausgebreiteten Armen, rund herum, so lange, bis die Musik verklungen war.

So wenig Max bislang die Erde kannte, nicht Dreck, nicht Blut noch Tränen, ebenso wenig hatte Emma von Musik und Tanz gewusst. So begrenzt ihre Schweinewelt war, jetzt wurde sie weit. Emma blieb wild, wurde aber innerlich ruhiger, gelassener und sicherer. Die wunderbaren Gespräche über alles und jedes hatten ihr ein Lächeln ins Gesicht gezaubert, das Max beglückte. Es gab ihm das Gefühl, nicht umsonst gelebt zu haben.

Umso mehr triumphierte er, als Emma sich schon einen Tag nach Händel weiter ins Leben wagte, nun auf sehr weibliche Art: Sie stellte fest, sie habe nichts anzuziehen.

Emma fuhr in die Stadt, ging in das größte und schönste Kaufhaus und suchte sich eine junge rothaarige Verkäuferin aus. Ihr drückte sie das letzte Geld in die Hand und sagte:

»Könnten Sie mich bitte anziehen?«

Die beiden arbeiteten sich durch die komplette Damenunter- und Oberbekleidung. Emma probierte alles an, was das Mädchen ihr brachte. Wählte dies, verwarf das. Dabei änderte sich wenig an ihrer Vorliebe für kräftige Farben, nur der Schnitt war nicht mehr à la Kittel. Bald war sie ausgestattet. Das Mädchen bekam den Unterrock der Großmutter geschenkt und bedankte sich mit einem fröhlichen »Boh, supi!«.

Auch Hans fiel Emmas Kleidung auf, als er auf den Hof kam. Max war eingeschlafen und hörte das Auto nicht.

Hans und Emma begrüßten sich wie alte Freunde.

»Es wird, wir haben *happy pork* angeschoben, das wird der Hit, sag ich dir. Der Hit.«

»Ich versteh nicht, wovon du redest.«

»Wir bieten Schweinezüchtern ein Franchise an, ...

wir finden Kollegen von dir, die nach deiner Methode Schweine großziehen und schlachten. Es wird garantiert, dass es den Tieren so gut geht wie bei dir, dass sie glücklich leben und glücklich sterben. Das Fleisch dieser Tiere hat eine Top-Qualität: ist fester, roter und besonders schmackhaft. Nicht verunreinigt und kann deshalb dreifach so teuer verkauft werden. Ich habe ein Markenzeichen eingeführt und es schützen lassen.«

»Und was hab ich damit zu tun?«

»Du?«, Hans grinste. »Wirst davon leben können.«

Emma glaubte ihm nicht. Hans gab ihr einen Vorschuss, Emma nahm das Geld, glaubte ihm immer noch nicht. Sie würde ihm die Dollars zurückgeben. Wollte eben von den Würsten sprechen, als Hans nach Max fragte. Emma führte ihn ins Schlafzimmer und ließ die beiden allein. Als Hans eine Stunde später in die Küche kam, zuckten seine Gesichtsmuskeln, aber er weinte keine Träne.

»Hilf ihm«, sagte er nur.

Hans ging hinaus und Emma sah, wie er mit der Faust aufs Autodach schlug und sich dann für einen Moment auf den Wagen stützte, den Kopf verbarg. Schließlich stieg er ein und fuhr davon.

Am Abend saßen Emma und Max in Wolldecken gehüllt auf der Veranda. Die Abende waren kühler geworden.

Max fragte: »Warst du schon mal in Mexiko?«

»Ich war in der Stadt, endlich. Sonst noch nirgends.«

Und da erzählte Max ihr von Mexiko, von den Menschen, von seiner Insel dort, dem Strand, den Mayahütten.

»Wollen wir da nicht hin, zusammen?«, fragte Max. Und schilderte ihr, wie die Pelikane im Golf von Mexiko Fische fingen. Emma merkte, wie gut es ihm tat, über Mexiko zu sprechen. Sie tat ihm den Gefallen und schmiedete Reisepläne mit ihm, aber sie wusste, sie würden nicht mehr zusammen verreisen.

Die Bauern des Dorfes hatten ihr Getreide bereits im Speicher. Henner war nicht verborgen geblieben, dass Emmas Rüben noch steckten und die Wiesen nicht gemäht waren. Das Mofa schwieg seit langer Zeit, und die Kinder brachten keine Würste mehr mit von Emmas Hof.

Besorgt und neugierig zugleich fuhr er zu ihr. Als er das Haus betrat, erlebte er eine Überraschung. Alles war aufgeräumt und sauber. Und Emma war vollkommen verändert. Sie war sehr still.

»Was ist los mit dir?«

»Ich räume auf, Henner. Ich muss doch vom Hof. Oder hab ich doch im Lotto gewonnen?«

»Nein, leider.«

»Siehste, dann muss ich vorher aufräumen.«

»Du räumst auf? Seit wann räumst du denn auf? Das ist ja ganz was Neues.«

»Es ist alles gut, Henner.«

Sie nahm ihn in den Arm und drückte ihn. Henner war ganz verwirrt, so was hatte sie ja noch nie gemacht, die Emma. Diese Zärtlichkeiten mit einem Mal, und damals der Tee, dann die laute Musik, die jeder im Dorf gehört hatte, und nun noch das!

»Du warst mein allerbester einziger Freund, Henner.«

»Wieso denn warst?«

Henner bekam keine Antwort, er fügte sich und fuhr gehorsam vom Hof, weil Emma es so wollte.

Sie mochte niemanden mehr sehen, die Bäckerin nicht und schon gar nicht Henners Mutter. Deshalb kaufte sie nur noch im Nachbardorf ein.

Auf dem Dachboden hatte sie einen alten braunen Koffer gefunden, der von einem Gürtel zusammengehalten wurde. Den putzte sie und cremte das Leder sorgfältig ein, bis er wieder ganz passabel aussah. In diesen Koffer packte sie alles, was sie mitnehmen wollte. Unterdessen lag Max mit schmerzverzerrtem Gesicht in ihrem Bett und blickte aus dem Fenster.

Um ihn abzulenken, fragte sie: »Hattest du mal ein Haustier?«

»Nein, nie«, antwortete er, dankbar für die Abwechslung. »Meine Mutter hatte Angst, ich würde mich daran gewöhnen, es lieben, und wenn es dann ...« Er erschrak.

Sterben, eingehen, vollendete Emma in Gedanken. Wir können nicht darüber reden, warum sagt er nicht sterben?

»Doch!« Max war etwas eingefallen.

»Ich hatte doch mal eins, ein Haustier.«

Sie blieb hinter der Schranktür stehen, damit er ihre Tränen nicht sah.

»Ich hatte mal einen Bandwurm! Der kam aus mir raus. Den habe ich geboren, auf dem Klo. Da war ich fünf. Das hat ewig gedauert, bestimmt eine Viertelstunde, bis der draußen war.«

Jetzt musste sie doch lachen.

»Du hast einen Bandwurm geboren?«

»Der war unglaublich lang, meterlang.«

»Bäh!«, lachte sie. Seine Ekelgrenze hatte sich herrlich verschoben seit seiner Ankunft auf dem Hof.

Sie kochte Max eine kräftige Suppe und fütterte ihn, denn

er hatte alle Kraft verloren. Anschließend wickelte sie ihn in warme Decken und trug ihn an seinen Lieblingsplatz auf der Veranda. Es war Spätnachmittag. Insekten summten in der warmen Luft, einige Stauden im Garten hatten wieder Blüten angesetzt.

Emma stellte sich mit dem Rücken zu Max, hielt sich am Geländer fest und blickte Richtung Garten.

»Was ist es?«

»Krebs.«

»Woher weißt du das?«

»Ich war beim Arzt.«

»Noch was zu machen?«

»Nein.«

»Wie lange noch?«

»Jeden Moment.«

»Hast du Schmerzen?«

»Sehr.«

»Was kann ich für dich tun?«

Jetzt drehte sie sich um und hielt seinem Blick stand:

»Du musst mir helfen, Emma. Du musst mir helfen.«

Erst vor ihrem Standesbeamten erfuhren Emma und Max, wie sie mit Nachnamen hießen.

Der feierlich gekleidete Herr las aus einem schwarzen Buch:

»Als Familiennamen wählen Sie Wachs?«

»Ja«, sagte Emma, die Wachs hieß.

Max unterbrach.

»Wie? Wachs? Ich soll Wachs heißen?«

Emma zuckte mit den Schultern. »Was ist schon dabei? Männer können doch auch den Namen ihrer Frauen annehmen.«

»Aber dann heiße ich ja Max Wachs. Das klingt ja, ... Max Wachs, wie Hundegebell.«

»Ja«, gab Emma einsichtig zu und suchte nach einer Lösung, »dann nimm doch einen Doppelnamen.«

Der Standesbeamte schaute in seine Unterlagen und versuchte ein Lachen zu unterdrücken, was ihm nicht gelang. Er gluckste, bis ihm die Tränen herunterliefen. Erst nach einer Weile fasste er sich und sagte:

»Bienen-Wachs.«

Worauf er hinter seinem würdevollen Tisch wieder zu prusten begann.

Emma war ratlos: »Du heißt Bienen?«

»Als Familiennamen trage ich Bienen ein. Weder Ehemann noch Ehefrau wählen einen Doppelnamen.«

»Herr und Frau Bienen, ich gratuliere.«

Emma Bienen beantragte nun im Schnellverfahren den ersten Reisepass ihres Lebens, und Max buchte einen Flug nach Cancun in Mexiko, one-way.

Sein Körper war abgemagert bis auf die Knochen. Emma trug ihn über die Schwelle ihres Hauses. Eine neue Schmerzwelle erfasste ihn und wollte nicht enden. Zitternd lag er in ihren Armen, rollte seine gelben Augen und erbrach auf ihr Hochzeitskleid.

»Tschuldigung.«

»In Zukunft kotzt du, ohne dich zu entschuldigen. Abgemacht?«

Der Schmerz benahm sich wie ein Despot, der alle Körperteile beherrschte. Max konnte seinen Arm nicht mehr bewegen, er zuckte nur noch. Seine Augen sahen nichts mehr, seine Därme galoppierten nach den Peitschenhieben des Schmerzes. Zwischendurch erlebte Max helle Momente, war für kurze Zeit wie früher. Dann scherzte Emma mit ihm und sagte ›Bienenwachs‹ und Max lachte.

Er streichelte ihre Brüste, sie seinen Schwanz. Der hätte gern noch ein Späßchen gewagt, blieb aber schlaff wie ein alter Mann, der es im Sessel bequemer findet.

Die Schmerzen kehrten zurück und marterten Max wie nie zuvor. Sie verbrannten ihn bei lebendigem Leib. Er sagte nichts mehr, hoffte nichts, wollte nichts, lebte nicht mehr. Aber er schrie gequält wie nie. Mit flehentlichen Blicken bat er um Hilfe.

»Was soll ich nur tun?«, fragte Emma sich, aber sie wusste es längst.

Emma trug Max auf den Hof und setzte sich unter ihren Flaschenzug. Sie legte seinen Körper auf die Basaltsteine, nahm seinen Kopf in ihren Schoß. Sie strich ihm übers Haar und über die Seite, immer und immer wieder. Streichelte ihn, klopfte ihn sacht und sprach mit ihm. Max hörte ihre Worte nicht, er schnappte nach Luft wie ein Fisch, der auf dem Trockenen liegt. Seine Augenlider flatterten, mit größter Anstrengung riss er sie auf und starrte Emma an.

Sie packte ihn mit dem rechten Arm fest um die Schulter. Konnte es nicht. Ließ ihn wieder sinken.

Sie konnte es nicht, niemand konnte das. Emma sank vornüber, sie heulte auf sein Hemd.

Max röchelte und zuckte. Mit einer Hand suchte er nach ihr und fand ihr Knie. Streichelte es. Hielt es fest. Krallte sich hinein.

Da auf einmal kam der Hahn gerannt, der am Rand des Hofes gestanden hatte. Wie von unsichtbarer Hand aufgescheucht, lief er nun, so schnell er konnte. Beim Laufen schlug er so stark mit seinen gestutzten Flügeln, dass er wahrhaftig vom Boden abhob und eine ganze Runde um die Kastanie flatterte, bevor er erschrocken wieder landete. Siehst du, man kann alles!

Da zückte Emma das scharfe lange Messer und schnitt endlich ohne zu zögern mit einer einzigen, schnellen, präzisen Bewegung Max' Kehle durch. Er schrie kurz auf, dann wurde er ruhig. Emma zitterte vor Furcht und Entsetzen. Sein Blut schoss aus der Wunde, sie hielt ihn fest. In Tränen aufgelöst zählte sie: »Eins, zwei, drei, vier, fünf, sechs, sieben, acht.«

Emma hatte solche Angst gehabt, dass er es anders empfinden würde als die Schweine. Eine solche Angst! Aber nun lag er still in ihren Armen, sein Blut rann auf den Steinboden und versickerte zwischen den Platten.

Max hatte die Augen geschlossen. Emma schluchzte vor Kummer. Zittrig und elend sprach sie:

»Danke, dass du bei mir warst, ich hab dich lieb, so lieb gehabt. Es tut nicht weh, siehst du? Ich hab's dir doch versprochen, dass es nicht wehtut. Auf Wiedersehen, mein Max. Auf Wiedersehen. Mein Max, mein Max.«

Es war die größte Anstrengung, die Emma je vollbracht hatte. Kein Schwein war schwerer gewesen, kein Großvater grässlicher. Schwer war, sich das Beste selbst genommen zu haben. Und doch wusste Emma, dass es richtig war. Kein Mensch durfte schlechter sterben als ein Schwein.

Emma legte das blutverschmierte Messer weg. Nie wieder würde sie ein Messer in die Hand nehmen, nie wieder.

Sie trug Max' Körper hoch in ihr Bett, legte seine Hände über die Brust und deckte ihn zärtlich zu.

Sie wusch sich, warf die blutigen Kleider weg, zog sich um

und nahm den gepackten Lederkoffer, den sie bereitgestellt hatte. Sie stellte ihn auf den Beifahrersitz ihres Traktors.

Dann lief sie zu den Ställen, öffnete alle Türen und Gatter, jedes Tor und jede Luke, gab der Kuh einen letzten Klaps, küsste die alte Sau, den starken Eber, jedes Schwein. Zuletzt verabschiedete sie sich von ihrem Hahn.

Er gab keinen Laut von sich. Alle Tiere schwiegen. Selbst die Vögel. Und der Wind.

Emma setzte sich auf den Traktor und fuhr vom Hof. Im Dreck, neben dem Gaspedal, fand sie noch einen Mohrenkopf. Sie nahm ihn und warf ihn hinter sich. Das ließ ihre Tiere wieder zur Besinnung kommen. Die Hühner stürzten sich darauf. Nur der Hahn nicht. Er krähte ihr nach. Nun also doch.

Bald darauf wurde Henner benachrichtigt, dass ein in seinem Polizeirevier gemeldeter Traktor mit dem Kennzeichen HOG-CK 58 vor dem Haupteingang des Flughafens stehe. Er meldete zurück, da stimme etwas nicht, er kenne die Halterin, die fahre garantiert nicht mit ihrem alten Traktor zum Flughafen, hundertprozentig nicht.

In diesem Moment sauste seine alte Mutter in die Polizeistation und wetterte giftig, Emmas dreckiger Eber habe ihren herrlichen Vorgarten durchwühlt, ja völlig zerstört. Und Emmas Hahn habe sich eben an der Lieblingshenne der Bäckerin vergangen.

Wieder einmal konnte Henner nicht verhindern, dass seine Mutter das Polizeiauto vollqualmte. Als sie auf Emmas Hof fuhren, befahl er ihr mit drohender Stimme:

»Du bleibst hinten sitzen! Das ist meine Arbeit, verstanden?«

Sie grunzte überrascht und drehte sich eine neue Kippe, während die alte noch in ihrem Mundwinkel hing.

Im Schlafzimmer fand Henner ein Desaster vor. Emma hatte also ihre Drohung wahr gemacht. Da war einer gekommen, ihren Hof zu besichtigen, wegen der Zwangsversteigerung. Und hatte das Ende gefunden, das Emma angedroht hatte. *Wer mir den Hof nimmt, den steche ich ab wie ein Schwein.*

Sie hatte ihm die Kehle durchgeschnitten, ihn regelrecht abgeschlachtet. Henner war erschüttert. Er ging in die Küche hinunter und setzte sich hin, um sich zu beruhigen und um zu überlegen, was er tun sollte.

Schließlich ging er zu seinem Auto zurück und bat über sein Sprechfunkgerät, Karl möge kommen, aber bitte ohne Martinshorn.

Seine Mutter horchte auf: Hier war etwas passiert. Sie blieb still sitzen, machte keinen Mucks. Henner hatte sie vor lauter Aufregung fast vergessen.

Wenig später fuhr Karl auf den Hof, und die beiden Männer gingen ins Haus. Langsam quälte sich die Alte aus dem Auto heraus. Sie entdeckte die blutige Stelle unter dem Flaschenzug. Sah das blutige Messer, nahm es in die Hand und betrachtete es lange.

Oben stand Karl vor dem Bett.

»Oh ha!«, kommentierte der Hauptbrandmeister beim Anblick der Leiche.

»Der ist aber tot.«

»Das ist so weit gut erkannt, Karl. Und was machen wir mit dem?«

»Is Emma fort?«

Henner nickte.

»Und wer ist der hier?«

Henner zog die Schultern hoch.

Karl schüttelte den Kopf: »Nie weißt du was.«

Dann sagte er: »Weißt du, was ich glaube?«

»Ne, was denn?«

»Deine Emma ist abgehauen. Und vorher hat sie den hier gekillt.«

»Das glaub ich auch, und zwar wollte der den Hof, und da hat sie ihn abgestochen. Das hat sie mir sogar gesagt.«

Karl sah Henner erschrocken an: »Das hat sie angekündigt?«

»Jo.«

»Und du?«

»Hab gedacht, ... ich meine, ich wusste, sie kann das. Aber dass sie es wirklich tut?«

Wieder schüttelte Karl den Kopf. Er beugte sich über die Leiche und untersuchte sie. Als Hauptbrandmeister hatte er viel über den menschlichen Körper und über Wiederbelebung gelernt und schon viele Leichen gesehen. Auf der Autobahn lagen sie oder auf der Bundesstraße, eingeklemmt in ihren Autos. Leichen schreckten Karl nicht mehr. Er untersuchte den Körper mit der offenen Kehle genauer.

»Abgemagert bis auf die Knochen, Gelbsucht, geblähter Bauch. Der Mann war krank, sterbenskrank war der.«

In Max' Hosentasche fanden sie seine Papiere.

»Max Bienen.«

Leise hatte sich Henners Mutter ins Haus geschlichen. An der untersten Stufe der Holztreppe war sie stehen geblieben und lauschte. Noch immer hielt sie das Messer in der Hand.

»Dann frag mal deine Zentrale, wer das ist und ob den einer sucht. Und lass gleich nach Emma fahnden.«

»Nee, das mach ich nicht«, sagte Henner. »Ich lasse doch nicht nach Emma suchen, und dann wird sie angeklagt, kommt vor Gericht. Wegen Mordes oder so was Schrecklichem, und dann sitzt sie ihr Leben lang im Gefängnis. Emma doch nicht, die geht da drin ein.«

»Das tun alle.«

»Aber ich will das nicht, nicht Emma. Der da«, Henner zeigte auf Max, »der war krank, sagst du. Die hat dem geholfen, die hat ihn, die hat ...«

»Sie hat ihn notgeschlachtet.«

»Ja, so was. Notgeschlachtet.«

Henner schnupperte, Nikotin? Tatsächlich! Seine Mutter stand in der Tür und geiferte mit ihrer geteerten Stimme:

»Hat sie einen abgestochen, die Schlampe. Ja? Ins Gefängnis, ja? Hähä, das ist ja was, hähä!«

Henner war mit nur drei Schritten bei ihr, packte die Hand, mit der sie das Messer gegriffen hatte, und sagte mit scharfer Stimme:

»Das hier, Mutter, ist die Mordwaffe. Und die einzigen Fingerabdrücke, die ich darauf erkennen kann, werden deine sein.«

Sie starrte ihren Sohn an. Wie konnte er es wagen? Doch der hielt ihre Hand noch immer fest und rief zu Karl hinüber:

»Ist das die Mordwaffe, in ihrer Hand?«

»Jo«, raunte Karl. »Eindeutig überführt, die Täterin.«

»Ihr habt sie wohl nicht alle?«, brüllte die Mutter.

Aber Henner ließ sich nichts mehr sagen:

»Noch einen Ton, noch ein falsches Wort und ich bringe *dich* ins Zuchthaus. Hast du verstanden?«

Da schwieg sie.

»Und jetzt raus!«

Da ging sie.

Karl nickte voller Respekt.

Der so tapfer gewordene Henner entschied:

»Wir lassen nicht nach Emma fahnden.«

»Was willste denn machen, das ist doch unsere Pflicht.«

Henner kämpfte, wie nur ein guter Freund es kann:

»Damals beim Bartmann, da hast du gemacht, was deine Pflicht war. Aber richtig war's nicht. Nun mach's mal andersrum, tu, was nicht deine Pflicht ist, aber dafür richtig.«

Karl atmete auf und nickte.

»Illegal ist richtig. Was also?«

»Der Mann liegt hier und ist gestorben. Tot. Lassen wir es dabei. Dass er zufällig schon sein ganzes Blut verloren hat, muss ja keiner erfahren.«

Karl schüttelte den Kopf. Und schwieg.

Henner informierte die Zentrale in der Stadt, dass ein gewisser Herr Max Bienen tot in einem Bett aufgefunden worden war.

Ob etwas auf Fremdverschulden hindeute?

»Nein«, sagte Henner.

Ob die Leiche äußere Verletzungen zeige?

»Keine«, bestätigte Karl. Weil die beiden so vertrauenswürdige Personen waren, wurde auf eine Ortsbesichtigung und Obduktion verzichtet. Den Totenschein konnte sich Henner blanko beim Landarzt abholen. Den hatte er schon zigmal betrunken am Steuer erwischt und weiterfahren lassen. Was war ein Landarzt ohne Führerschein? Eben.

»Und wenn sie den Sarg öffnen?«

»Wer?«

»Irgendwer.«

»Dann kriegt er einen Rollkragenpullover!«, entschied Henner.

Max wurde in einen Sarg gebettet und in die Stadt überführt, wo er seinen Wohnsitz hatte. Hans hatte neben Max' Eltern eine Grabstelle für ihn erworben. Er beerdigte Max auch.

Henner fand eine Notiz von Emma, dass dem Autohaus Hilfinger die frischen Würste in der Trockenkammer gehörten. Doch Henner befand, sie seien noch nicht reif. Er wählte die abgehangenen aus und stellte sie Hans zu.

Henner und Karl blieben die besten Freunde. Henners Mutter durfte nur noch im Vorgarten rauchen. Und Karl machte sich keine Vorwürfe mehr wegen dem Bartmann.

Wie jedes Jahr zu Weihnachten organisierten Karl und seine Freiwillige Feuerwehr eine Hilfslieferung nach Weißrussland. Emmas Kittel und ihre alte Wäsche, die letzten Würste und Schinken gingen mit. Das hatten Henner und er so entschieden. Und so kam es, dass bei so manch weißrussischer Familie beim Aufschneiden der deutschen Wurst die Dollarzigarren auf den Gabentisch fielen. Was für ein Staunen, Feiern und Jubeln! Das Geld ging dorthin zurück, woher es gekommen war, nur in bedürftigere Hände. In vielen weißrussischen Wohnzimmern trank man auf den edlen Spender und wünschte ihm ein langes und gesundes Leben.

Emma blieb für immer in Mexiko. Doch die guten Wünsche aus Weißrussland müssen sie erreicht haben. Denn einige Monate nach ihrer Ankunft hat sie ein gesundes Mädchen geboren.

Das *happy pork*-Projekt ernährte Emma bis an ihr Lebens-
ende.

Wenn Emma Pelikane sah, wusste sie, dass auch Max ein
neues Leben gefunden hatte, in einem heilen Körper, in
einer neuen Welt.

Ohne euch ...

Ich danke all meinen Freunden für ihre Anregungen, Ermutigungen und Kritik, die sie mir beim Entstehen dieses Buches geschenkt haben. Besonders Peter Schreiber und Marianne Schönbach haben viele Manuskriptseiten gelesen, euch beiden danke ich besonders.

Ich danke meinen Eltern, die mir viele Einzelheiten zur Schweinezucht beigebracht und erzählt haben.

Ich danke Bettina Woernle, in deren italienischem Haus in San Fiorano ich mich für Wochen zurückziehen und schreiben durfte.

Ich danke Ilona und Eckhard Dierlich für ihre Auskünfte zu medizinischen Details und Waltraut Dennhardt-Herzog für Dagmars österreichischen Zungenschlag.

Erika Sommer aus Nordhessen verdanke ich die Geschichte vom *Kälbchen oder Herzinfarkt* – sie hat sie mir vor Jahren erzählt.

Herzlich danke ich meiner Agentin Erika Stegmann, die an diese Geschichte unbeirrt geglaubt hat.

Maria Koettnitz, meiner Lektorin, danke ich besonders. Sie hat aus einem Manuskript ein Buch gemacht und mir Leserinnen und Leser geschenkt – eine Schreiberin kennt kein größeres Glück.

Die Autorin ist zu erreichen unter:
www.claudiaschreiber.de

Unsere Leseempfehlung

464 Seiten
Auch als
Hörbuch und
E-Book erhältlich

Julian ist es leid, seine Einsamkeit vor anderen zu verstecken. Der exzentrische alte Herr schreibt sich seine wahren Gefühle von der Seele und lässt das Notizheft in einem kleinen Café liegen. Dort findet es Monica, die Besitzerin. Gerührt von Julians Geschichte, beschließt sie, ihn aufzuspüren, um ihm zu helfen. Und sie hält ihre eigenen Sorgen und Wünsche in dem Büchlein fest, ohne zu ahnen, welch heilende Kraft in diesen kleinen Geständnissen liegt: Als das Notizbuch weiterwandert, wird aus den sechs Findern ein Kreis von Freunden. Monicas Café wird dabei ihr zweites Zuhause, und auf Monica selbst wartet dort das ganz große Glück …

goldmann-verlag.de

 GOLDMANN

Unsere Leseempfehlung

416 Seiten
Auch als E-Book
erhältlich

Ihre Kamera ist ihr Schutzwall gegen die Welt – denn obwohl die schwedische Fotografin Elin Boals eine glänzende Karriere in New York absolviert, lebt sie privat sehr zurückgezogen. Sogar ihre eigene Familie hält Elin gekonnt auf Abstand. Doch dann erhält sie völlig unerwartet einen Brief aus ihrer Heimat Gotland, und längst verdrängte Erinnerungen brechen mit aller Macht über sie herein. Denn Elin hütet ein tragisches Geheimnis – eine tiefe Schuld, die sie damals dazu trieb, die Insel für immer zu verlassen. Und nun spürt sie, dass sie an den Ort ihrer Kindheit zurückkehren muss, wenn sie jemals wirklich glücklich werden will …

goldmann-verlag.de

Unsere Leseempfehlung

592 Seiten
Auch als
Hörbuch und
E-Book erhältlich

Emma und Leo sind seit sieben Jahren glücklich verheiratet. Leo schreibt Nachrufe für eine große Tageszeitung, Emma ist eine brillante Meeresbiologin und ein ehemaliger Fernsehstar. Gemeinsam mit ihrer kleinen Tochter Ruby genießen sie das Familienidyll in London. Nur eines trübt das Glück – Emma leidet an einer schweren Krankheit. Und so erhält Leo den Auftrag, einen Nachruf auf seine geliebte Frau zu verfassen, falls es zum Schlimmsten kommt. Doch bei den Recherchen über ihr Leben stößt er auf eine schockierende Wahrheit: Alles, was Emma ihm über sich erzählt hat, ist eine Lüge …